はじめて読む古典落語百選

林家たい平

JN063234

リベラル文庫

はじめに

大学生になってから落語と出会いました。美術大学でデザインを学んでいたのですが、最初の講義で先生が言った「デザインは人を幸せにするためにある」という言葉が頭から離れませんでした。どうしたら自分のデザインで人が幸せになるんだろうと考えていたある日、ラジオから流れてきた五代目柳家小《こ》さん師匠の「粗忽長屋《そこつながや》」に衝撃《しょうげき》を受けました。笑ったら、課題に追われていた心が晴れやかになっていたのです。落語で幸せな気持ちになれた。そうか、この落語という絵の具を使って人の心をデザインするデザイナーになろうと思いました。

もっと早くに落語に出会いたかった。まだまだ私と同じように落語に出会ってない人がたくさんいるはずだ。そういう人と落語との架け橋に、落語の伝道師になりたいと、落語家の道へと進みました。

〝落語を聴く〟という引き出しがあるかないかで、人生が大きく変わると思っています。辛い時、苦しい時、失敗してしまった時、失恋してしまった時に、落語を聴いて笑おうという選択肢があれば違うはずです。だから早くに出会って欲しいという想いから、子どもたちのための落語会も多く開いています。落語は想像力のエンジンを回転させないと楽しめません。一人の人間が着物を着て、座布団に座って、右を向いたり左を向いたり。小道具は扇子《せんす》と手ぬぐいのみ。観ているお客さんの想像力に頼る部分が多いんです。一人ひとりの頭の中に絵を描いていくお手伝いがどれくらいできるかなんです。それが落語家の力量だと思います。子どもの頃から、この想像力を働かせる楽しみを知ってもらうのには、落語が一番だと考えています。

私は大学まで落語に出会えなかった。でも出会えてよかったと、心から思っています。何やら巷《ちまた》で「落語」という言葉をよく聞くようになった。まだ観たこと、聴いたことがないなぁと思った時がチャンスです。落語と出会ってみてください。この本がその一助になれたら嬉しいです。

令和三年一月

林家たい平

本書の使い方

キャッチコピー

〝おもしろみ〟を短く紹介しています。

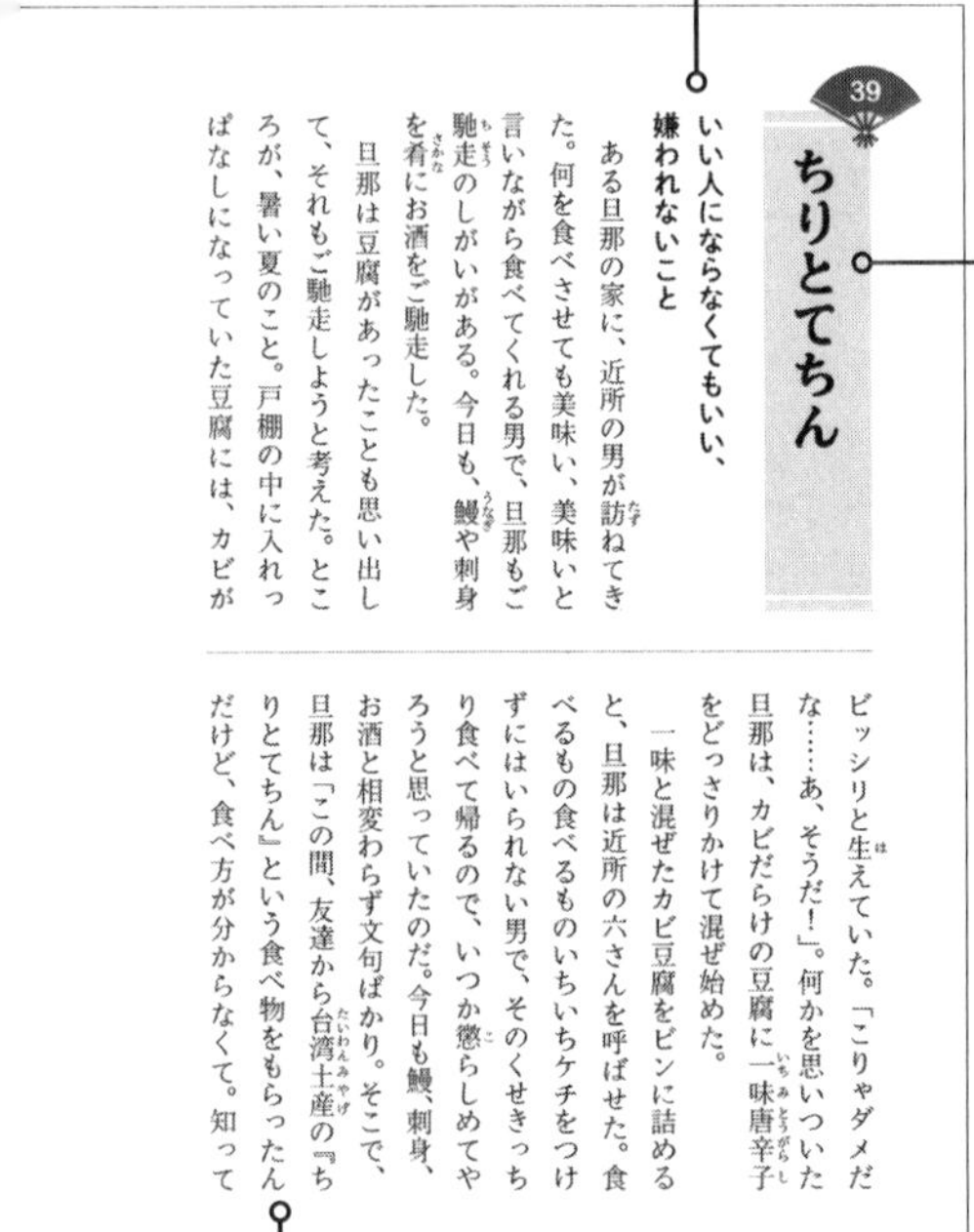
39

ちりとてちん

いい人にならなくてもいい、嫌われないこと

ある旦那の家に、近所の男が訪《たず》ねてきた。何を食べさせても美味い、美味いと言いながら食べてくれる男で、旦那もご馳走《ちそう》のしがいがある。今日も、鰻《うなぎ》や刺身を肴《さかな》にお酒をご馳走した。

旦那は豆腐があったことも思い出して、それもご馳走しようと考えた。ところが、暑い夏のこと。戸棚の中に入れっぱなしになっていた豆腐には、カビがビッシリと生《は》えていた。「こりゃダメだな……あ、そうだ！」。何かを思いついた旦那は、カビだらけの豆腐に一味唐辛子《いちみとうがらし》をどっさりかけて混ぜ始めた。

一味と混ぜたカビ豆腐をビンに詰めると、旦那は近所の六さんを呼ばせた。食べるもの食べるものいちいちケチをつけずにはいられない男で、そのくせきっちり食べて帰るので、いつか懲《こ》らしめてやろうと思っていたのだ。今日も鰻、刺身、お酒と相変わらず文句ばかり。そこで、旦那は「この間、友達から台湾土産《たいわんみやげ》の『ちりとてちん』という食べ物をもらったんだけど、食べ方が分からなくて。知って

102

題名

あらすじ

見開き完結で、あらすじが読めます。どれも本当はもっと長い話ですが、しっかりと面白いところをまとめていますよ！

感想

もし興味がわいたら、ぜひ寄席《よせ》や落語会に来てください。左側には、寄席で聞いた日付と落語家の名前、右側にはその時の感想などを書いておくと、自身の落語年表になりますね。

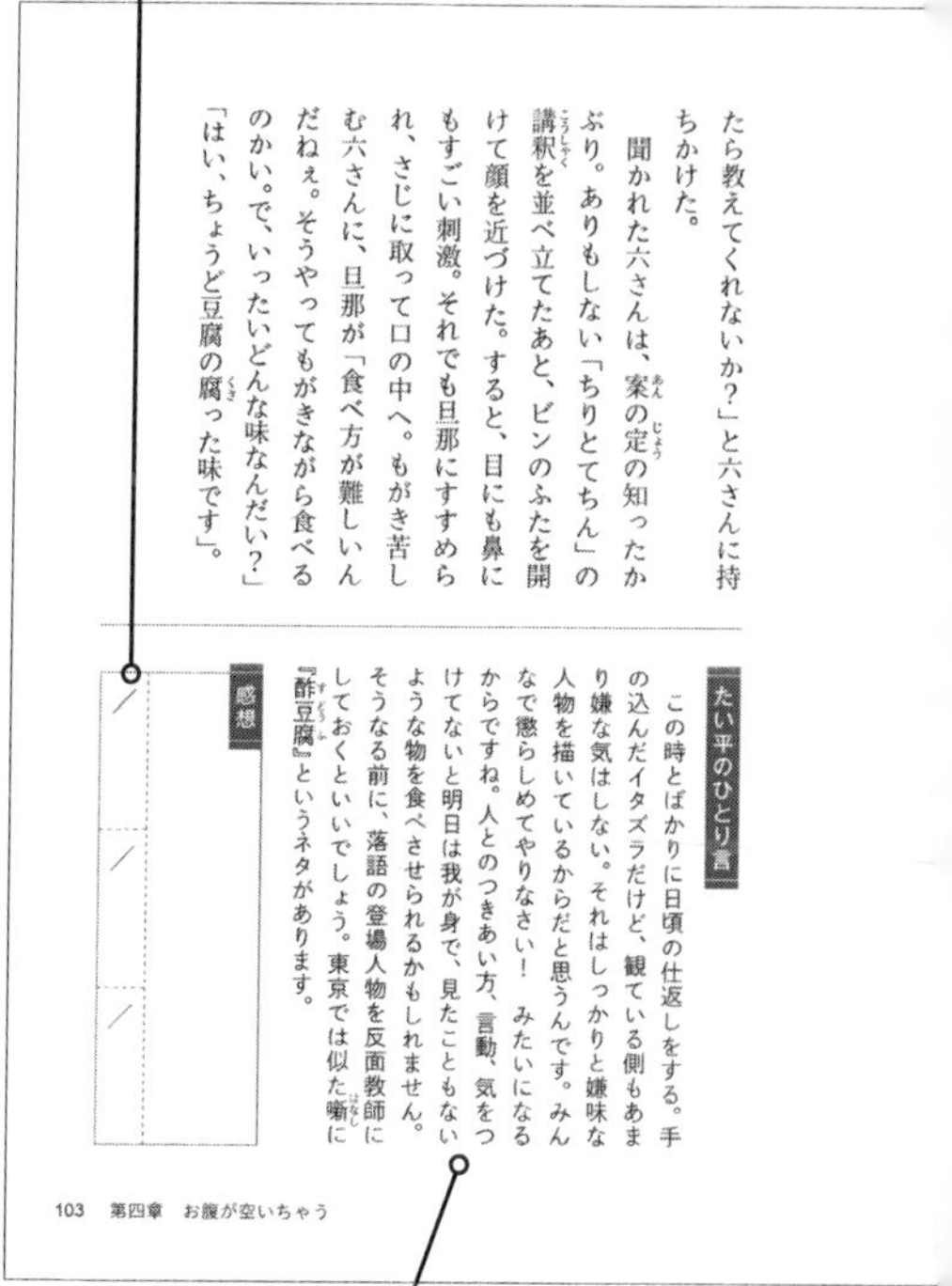
たら教えてくれないか？」と六さんに持ちかけた。
　聞かれた六さんは、案《あん》の定《じょう》の知ったかぶり。ありもしない「ちりとてちん」の講釈《こうしゃく》を並べ立てたあと、ビンのふたを開けて顔を近づけた。すると、目にも鼻にもすごい刺激。それでも旦那にすすめられ、さじに取って口の中へ。もがき苦しむ六さんに、旦那が「食べ方が難しいんだねぇ。そうやってもがきながら食べるのかい。で、いったいどんな味なんだい？」
「はい、ちょうど豆腐の腐《くさ》った味です」。

たい平のひとり言

この時とばかりに日頃の仕返しをする。手の込んだイタズラだけど、観ている側もあまり嫌な気はしない。それはしっかりと嫌味な人物を描いているからだと思うんです。みんなで懲らしめてやりなさい！　みたいになるからですね。人とのつきあい方、言動、気をつけてないと明日は我が身で、見たこともないような物を食べさせられるかもしれません。そうなる前に、落語の登場人物を反面教師にしておくといいでしょう。東京では似た噺《はなし》に『酢豆腐《すどうふ》』というネタがあります。

感想

／

／

／

103　第四章　お腹が空いちゃう

たい平のひとり言

演じる時の難しさや名人の話など、ここでしか聞けない話です。

たい平から、最高レベルの注意喚起

寄席などで、落語家が一席《いっせき》演じている間に本書を出してメモをしたりしないでくださいね。お客様のことは演者側から見えていますし、メモしながら聴いてる人、すごく嫌われますからね。仲入《なかい》り、終演後、お家に帰ってから書き込むようにしてください。そうでないと、私が楽屋で怒られます（笑）

もくじ

第一章

腹を抱えて笑おう

第二章 こんな仲間と暮らしたい

第三章 絶対絶命のピンチ

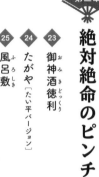

第四章 お腹が空いちゃう

第五章 度が過ぎるから大騒ぎ

第六章

人間以外もしゃべります

第七章 変わった人がいるもんです

第八章　泥棒さん！　いらっしゃい

第九章　酒が入ると何かが起こる

第十章

この親ありてこの子あり

第十二章 妻に感謝ですよ

第一章

腹を抱えて笑おう

落語といえば面白い話ですよね。
分かっていてもつい笑ってしまう
噺《はなし》を集めました。

1 子《こ》ほめ

そりゃ若く言われたら
ご馳走《ちそう》したくなります

お酒が大好きな男。タダの酒が飲めると聞いて早速出かけた。ところが、あったのはタダの酒ではなく灘《なだ》の酒。タダの酒はなかったが、代わりにタダで酒を飲むコツを教えてもらった。

「何か芸を見せればいい」「あいにく芸がないもんで」「なら、世辞《せじ》を言うんだよ。気分がよくなれば、酒の一杯くらいおごってくれるもんだ」「なるほど。もしそれでもダメなら？」「その時は、奥の手だ。年齢でも聞けばいい。年齢の割にはお若く見える、なんて言えば、大抵気分がよくなって、一杯飲ませてくれる」。

男は先日友達に子どもが生まれたことも話して、子どもをほめるために「おじいさんに似て長命《ちょうめい》の相がありますね。栴檀《せんだん》は双葉より香《かん》ばしく、蛇《じゃ》は寸にしてその気を表す。私もこういうお子さんにあやかりとうございます」という言葉まで教わった。道で会った知人に試して失敗。その後、子どもをほめに。

「子どもが生まれたってな」「そうなんだよ。見てくれ、かわいいだろう」「本当にかわいい手だ。俺から祝儀《しゅうぎ》を取りやがって」「失礼なことを言うなよ」といった感じで、どうにもうまくいかない。せっかく教わった子ほめの言葉も「おじいさんに似て長命丸を飲んでる」とか「こういう子どもに蚊帳《かや》つりたい」とか、とんちんかんなことを言う始末。仕方がないから、男は奥の手を使うことにした。

「失礼なことを伺《うかが》いますが、この子のお年は？」「生まれたばかり、一つだよ」「一つにしてはお若く見える。どう見てもタダでございます」。

たい平のひとり言

口移しで教えてもらって、よそでやって失敗する噺《はなし》は多くあります。その中で寄席《よせ》の高座《こうざ》にかかることが最も多いかもしれません。受けますから、前座《ぜんざ》さんも演《や》る人が多いです。赤ん坊のほめ方を教えてもらう時は、聴いている私たちも勉強になります。性別の分からない赤ちゃんには「かわいい女の子ですねぇ」と。男の子を女の子と間違えられるのはまんざら親としては嫌なことではないですから。「あら、かわいらしいお顔だったもんで女の子かと思いました」とね。

感想

／

／

／

2

長短《ちょうたん》

自分にないものを持つ友達に憧《あこが》れる

とても気長な長さんと、ものすごく短気な短七《たんしち》。性格は正反対なのに、不思議と仲がいい。

ある日、長さんが短七の家へ出かけた。長さんはのんびりで、今日晴れたことを昨夜小便に行ったところから話している。そんな長さんにイライラしながらも、短七が饅頭《まんじゅう》をすすめると、長さんがそれを二つに割ってゆっくりと食べ始める。

饅頭を食べ終えた長さんは、たばこを吸おうと、これものんびりした動きでキセルに火をつけようとした。ところが、そんな調子だからいつまでたっても火がつかない。何度も何度も同じようにやるので、見ていた短七はついにイライラが限界に。

「よく見てろ。たばこってのは、強く吸ったら火がつくから、そしたら二回くらい吸って、たばこ盆《ぼん》（灰皿）にはたくんだ。ほら、やってみろ！」。

そうしているうちに、長さんが「短七さん。お前さん、俺が何を言っても怒らないかい?」「あぁ、怒らないさ」「なら言うけど、さっきお前がたばこ盆にはたいた火が、たばこ盆の中じゃなくてお前の左の袖《そで》に入ったようだ。大丈夫だろうかと思っていたら煙が出てきて、今はだいぶ燃えてきたようだけど、ひょっとしたら、それは消したほうがいいんじゃないかと思って……」「なに? おいっ! 袖がこげちまった! もっと早く教えろこのバカ!」「ほら見ろ、そんなに怒るじゃねえか。だから教えねえほうがよかった」。

たい平のひとり言

こんなに極端《きょくたん》ではないけれど、自分にないものに憧れを感じるってありますよね。長く続く友達って意外とこの二人みたいな感じがします。短七さんのほうは勢いよくしゃべればいいんだけど、実は長さんのほうが難しい。特に若い時はゆっくりの〝間〟が持たないんです。ついつい急ぎ気味に話してしまう。それでは二人の対比がつかない。観ているお客さんまでも「遅くてイライラするなぁ」ぐらいに思わせないと。五代目柳家小《こ》さん師匠の長さんは、本当に秀逸でしたねぇ。

感想

／

／

／

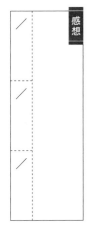

3

猫《ねこ》の皿《さら》

しめしめと思った相手もしめしめと思ってる

いつも掘り出し物の古道具を求めて、旅から旅へと歩き回っている道具屋の男。今日もいいものが見つからずに中山道《なかせんどう》は熊谷《くまがい》辺りの茶店で休んで行くことにした。お茶を飲みながら話している横で、猫がごはんを食べている。

猫は普通の猫だが、その猫のごはんが入っているお皿を見てびっくり。「高麗《こうらい》の梅鉢《うめばち》」という名品だと気がついた。そこで道具屋は「こんな立派な皿で猫にごはんを食べさせているということは、茶店の親爺《おやじ》は、この皿が高い皿だなんてこと知らないんだ。よし、騙《だま》し取ってやろう」と考えた。

まず「かわいい猫だね、譲《ゆず》ってくれないか？」と声をかけた。あまりいい顔をしない親爺に「では、三両出そう。どうだ？」と言うと、親爺は「ではどうぞ」。しめしめと思った道具屋が、「ありがとう大切にするよ。それから、猫はいつも使ってる皿じゃないとごはんを食べないというから、この皿も一緒に持っていっていいだろう？」と言うと、親爺は「ダメです、ダメです、その皿は高麗の梅鉢といって、三百両でも欲しいと言うお客さんがいるくらいですから、勘弁《かんべん》してください」。「なっ、なんだよ、知ってんのか！　こんちくしょう、猫なんかいらねえや、あっちへ行きやがれ。おい親爺、そんな高い皿だと知ってて、なんでそんなもので猫にごはんを食わせてるんでい」。すると親爺、「いやー、この皿で猫にごはんを食べさせておりますと、時々、猫が三両で売れるんでございます」。

たい平のひとり言

小品ながら、起承転結がしっかりあって、よくできた噺《はなし》ですよね。お宝鑑定で、本物か偽物かで一喜一憂するのにも似ています。目利《めき》きじゃないとなかなか分からないからこそ、しめしめと思った道具屋の裏を見事にかく茶店の親爺。痛快ですよね。猫にごはんを食わせていた皿で、一杯食わされたわけですから。この皿は絵高麗《えごうらい》の梅鉢というもの。朝鮮高麗時代の焼物で高価な物が多いそうです。勝利宣言のように聞こえるオチがたまりません。

感想

／

／

／

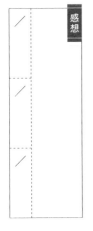

4

家見舞《いえみま》い

お金じゃないですよ、気持ちの表し方は

　金がなくても、義理だけは欠かさないのが江戸っ子。そんな江戸っ子の二人が、普段世話になっている兄貴分の竹に引っ越し祝いを持っていこうと考えた。どこの家の台所にもある、水を汲み置きしておくための水瓶《みずがめ》がまだないことに気づいて、水瓶を贈ろうと思い、早速買いに行った。ところが、手持ちは二人で一銭。そんなお金で買える水瓶なんてなかった。

　諦《あきら》めかけていた二人だったが「一銭もいらない、タダで持っていってくれ」という瓶《かめ》があると言われた。話を聞くと、掘り出し物だという。タダなんだから掘り出し物に決まっていると思ったら、実は土に埋めて便器にする「肥瓶《こいがめ》」に使っていたという、文字通りの〝掘り出しもの〟だった。

　それでも、見ぬもの清しと言うもので、洗ってきれいにすれば分からないだろうと途中の川で洗ってみた。ところが、中はきれいになっても臭いがとれない。そこで、水を入れたら臭いもしなく

なるだろうと、水も入れて竹のところに持っていった。竹は大層喜んで二人にいろいろとご馳走《ちそう》してくれるのだが、豆腐やら古漬けやら、水で洗ったものが出てくる。二人は丁重《ていちょう》に断っていたが、挙句《あげく》にはご飯を食べていけと言われて食べ始めると、これも例の水で炊いたと分かって慌《あわ》ててしまう。

様子がおかしいことに気づいた竹が水瓶を見に行くと、中の水が汚い。「おい、水をきれいにするって言うから、今度来る時にフナを持ってきてくれ」「いやぁ、それには及ばねえ。今までコイが入ってた」。

たい平のひとり言

『肥瓶』とも呼ばれていますが、寄席《よせ》などではネタがかぶらないように書く楽屋のネタ帳では、きれいごとのほうがいいからと『家見舞い』と書くことが多くなりました。また、『肥瓶』だと噺《はなし》のオチそのものですから、ネタバレしてしまうということもありますね。あくまでも噺の題名というのは、お客様に向けてというよりも、楽屋の人間にだけ分かればいいものなので、この噺のようにオチが分かってしまうようなものが多いのです。

感想

／

／

／

5

転失気《てんしき》

恥《はじ》をかく前に恥をかいておくことが大切

　ある寺の和尚《おしょう》が、体の具合を悪くしたので医者を呼んだところ、診察の終わりに「てんしきはありますか?」と聞かれた。てんしきなんて初耳だった和尚は、知らないと言うのが嫌なので「ありません」と答えたが、あとになってから何のことか気になってきた。

　そこで和尚は、小僧《こぞう》に言って花屋へてんしきを借りに行かせた。ところが、花屋も知ったかぶり。てんしきは土産《みやげ》にしたとか、味噌汁《みそしる》の具にしたとか言われた。困った小僧が和尚に相談すると、今度は「お医者さんに聞いてきなさい」。小僧はようやく『転失気』と書いて、おならのことだよ」と教えてもらった。

　さっきはてんしきを借りに行かされた小僧。ふと「和尚さんはてんしきが何か知らないんじゃないだろうか」と思った。「だったら、てんしきとは盃《さかずき》のことでしたと言ってみよう。もし知っていれば直されるはずだ」。

　小僧から嘘の報告を聞いた和尚は、「そうだ。てんしきとは盃のことだ」と言い、翌日には往診に来た医者に「家の中を探したら、てんしきがありました。せっかくですから、寺に代々伝わるてんしきを見て頂きたい」。転失気など見せられては困ると医者が断っても、「小僧、てんしきを持ってきなさい。あの三つ重ねのやつだよ」。とうとう、医者はてんしきを見せられることになった。

ところが、出てきたのは盃。医者が「医者のほうではおならのことを転失気と申しますが、お寺ではこれをてんしきと言われるのですか?」と聞くと、驚《おどろ》いた和尚「はい、これをたくさん重ねますと、ブーブー文句を言う人がいますので」。

たい平のひとり言

子どもたちに最も人気のある一席《いっせき》です。なんと言っても〝おなら〟の話ですからねぇ。それを知ったかぶりしたために、お寺の和尚が失敗するというんですから笑えます。

〝転失気〟という言葉が市民権を得て、もっと使われたらいいのになぁなんて思う時があります。「転失気が出てしまった」なんて言うと臭くなさそうじゃありませんか? トイレのことを〝はばかり〟とも言いますが、これも「ちょいとはばかりへ」なんて使うと「あら素敵! 私も連れてってー」なんてね。

感想

6 芋俵《いもだわら》

手をよーく洗ってから食べましょうね

戸締《とじ》まりの厳重《げんじゅう》な店に入り込むために、話し合いをしている三人の泥棒。こんな作戦を考えた。

一人が芋俵に入り、ほかの二人で店の前まで運んで、しばらくの間ということで置かせてもらう。夜になっても取りに行かなければ「外に置きっぱなしにして何かあったら面倒《めんどう》だ」と芋俵を店の中に入れてくれるだろう。そこで俵の中の一人が出てきて、戸締まりを開けて外の二人を店の中に入れる、というもの。

作戦は成功、芋俵は店じまいの時に店の中へと運ばれた。ところが、予想外のことが一つ。芋俵が逆さに立てられてしまったせいで、中の男が出られなくなってしまったのだ。

そこに、店の女中のおきよと、小僧《こぞう》の定吉《さだきち》がやってきた。「なんだかお腹が空いた。何か食べるものがあるといいんだけどねぇ」「あっ！　いいものがあるよ。夕方、町内の人が芋俵を置いていって、まだ取りに来てないんだ。二、三本ならなくなっても分からないし、食べちゃおうよ」。

俵の縄をほどいたらつまみ食いをしたのがばれるから、俵の横からそっと手を突っ込む。「あれ？　このお芋、あったかい。焼き芋かな。おやっ？　こっちは押すとへこんじゃう」「定どん、そりゃ腐《くさ》ってるんだよ」。

俵の中では、泥棒がお尻の辺りを撫《な》で回されている。泥棒はくすぐったくてたまらないけど、笑っちゃいけないと下腹に力を入れた途端《とたん》に「ブーッ」「わー、気の早いお芋だ」。

たい平のひとり言

落語に出てくる泥棒は、どこか憎めない人間として描かれていますが、こんなにかわいらしい話はないですよねぇ。この俵に入った泥棒だって「オイオイ、どうなっちゃうんだよ！」ってものすごく不安だったと思いますよ。そこにまさかの！　股《また》ぐらに、知らない人の手が伸びてきて、まさぐられるんですからねぇ。男の私は想像しただけで、この泥棒辛かっただろうなぁと同情してしまいます。他にも何席かある、おならで落ちる一席《いっせき》ですね。

感想

／

／

／

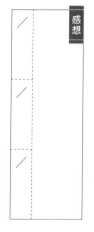

7

つる

簡単だと思われることには落とし穴が

　横丁のご隠居《いんきょ》のところにやってきた八っつぁん。「床屋に鶴《つる》の掛《か》け軸《じく》がかかってたんですが、あれなんで鶴っていう名前なんですかねぇ」と聞いた。ご隠居は、どうでもいい質問だから適当に答えようと思って「あれは元は首長鳥と言っていた。その昔、白髪の老人が浜辺に立って沖を眺めていると、オスの首長鳥が一羽ツゥーと飛んできて、浜辺の松の枝にポイッと止まった。あとからメスの首長鳥が一羽ルゥーと飛んできた。これを見ていて、あっ、鶴だ！　となったんだな」という、気の抜けるような説明をした。

　ところが、八っつぁんはこの説明を信じてしまい、まるで自分が最初から知っていたかのように友達のところへ話しに行った。「おう、おめえなんで首長鳥が鶴って名前になったか知りたくねぇか？」「知りたくねえよ。俺は今忙しいんだよ」「そんなこと言わねえで聞いてくれよ。その昔、白髪の老人が浜辺に立って沖を眺めていると、オスの首長鳥が一羽ツーールー……？　と飛んできて、松の枝にポイッと止まった。あとからメスが……うぐ」「あとからメスがどうしたよ？」「さいなら」。

八つぁんはご隠居にもう一度聞きに行って、友達のところに戻ってきた。「その昔、白髪の老人が浜辺に立って沖を眺《なが》めていると、オスの首長鳥が一羽ツー、さっきはここで間違えたんだ、ツーと飛んでくると、浜辺の松の枝にルッと止まった。あとからメスが……。あとからメスが……うぐぐ……なんで首長鳥が……」「泣いてるよ、メスがなんつって飛んできたんだよ」「んー、黙って飛んできたんだ」。

感想

／

／

／

たい平のひとり言

口移しで教えてもらって、よそでやって失敗するっていう噺《はなし》、多いんですが、その中でもこのシンプルさ。単純な噺なんで簡単そうに見えるんですが、こういう軽い噺のほうが難しいんです。前半で筋が分かってしまうと、終わりまでついてきてくれないんです。亡き桂歌丸師匠は、圓朝《えんちょう》作品など大きなネタも演《や》っていたけど、『つる』も最高でしたよ。こういうネタって、演者から自然と湧き出てくる〝おかしみ〟みたいなものが、とっても大切なんだと教えてくれるんです。

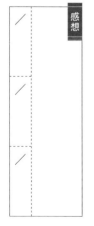

8

寝床《ねどこ》

周りに自分の好きなこと押しつけてませんか？

義太夫《ぎだゆう》に凝《こ》ったある旦那。自分ではうまいと思っていて、機会を作っては人に聞かせようとするのだが、そう思っているのは本人だけ。実際は下手なので、誰も聞きたがらない。

旦那は今日も義太夫の会の客を集めるため、番頭に長屋を回らせた。しかし、毎度下手な語りを聞かされてうんざりしている長屋の住人たちは、仕事の都合がつかないとか、女房《にょうぼう》が臨月《りんげつ》だとか、いろいろ理由を考えて誘いを断った。店の者もそれぞれ仮病《けびょう》を使って、誰も参加者がいない。怒った旦那は、長屋の者には部屋を明け渡させ、店の者には暇を出すと言って大騒《さわ》ぎに。

慌《あわ》てた番頭が長屋をもう一回りしてなんとか人を集めてきたので、旦那も機嫌《きげん》を直し、ようやく義太夫が始まった。

酒と肴《さかな》が出たので、始まってしばらくは賑《にぎ》やかだった。「ようよう、日本一！　美味いぞ！　刺身！」「女殺し、人殺し！」「人殺しはひどいよ」なんて言ってた連中が、いつの間にか静かになったので、きっとみんな聴き惚《ほ》れているのだろうと思った旦那が御簾《みす》を開けると、なんと全員、酔いが回って居眠りをしている。

　旦那が怒って怒鳴《どな》っていると、どこからか泣き声が聞こえてきた。部屋を見回すと、小僧《こぞう》の定吉《さだきち》が泣きじゃくっている。これは義太夫に感動したに違いないと思った旦那が「どこが悲しかった？」と聞くと、定吉は「あそこでございます」。「あそこは、あたしが義太夫を語った床じゃないか」「あそこが、あたしの寝床でございます」。

たい平のひとり言

落語家仲間とカラオケに行ったりすると「こりゃあ、まるで寝床だねぇ」なんて言ったりする状況に出くわします。一番偉い師匠がずっとマイクを離さず唄《うた》い続ける。「落語って本当によくできてるよなぁ」なんて感心します。

　習い事とかで、少しできるようになると、誰かに見せたい、聴かせたいとなってしまうようで、そうすると犠牲者《ぎせいしゃ》が出る。「あれさえなければいい人なんだよなぁ」なんてね。私たちも落語で犠牲者を作らないように、一所懸命《いっしょけんめい》稽古《けいこ》しますので嫌がらずおつきあいを。

感想

／

／

／

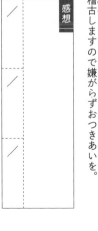

9

金明竹《きんめいちく》

何かあった時のために録音しておきましょう（笑）

与太郎が道具屋で店番をしているところにやってきた男。「わて、中橋《なかばし》の加賀屋佐吉方から参じました。先度《せんど》仲買《なかがい》の祐《ゆう》弥市《やいち》の取次ぎました道具七品のうち、祐乗《じょう》、光乗《こうじょう》、宗乗《そうじょう》三作の三所物《みところもの》、ならびに備《び》前長船《ぜんおさふね》の則光《のりみつ》、四分一《しぶいち》ごしらえ横谷宗珉《よこやそうみん》小柄付《こづかつき》の脇差《わきざし》、あの柄前《つかまえ》は旦那はんが古《ふる》鉄刀木《たがやい》と言《い》やはってたが、埋木《うもれぎ》じゃそうにな、木が違《ちご》おとりますさかい、念のためちょっとお断り申します。次はのんこの茶碗、黄檗山《おうばくさん》金明竹、寸胴《ずんどう》の花活《はないけ》、『古池や蛙《かわず》飛び込む水の音』あれは風羅坊正《ふうらぼうしょう》筆《ひつ》の掛物《かけもの》で、沢庵《たくあん》、木庵《もくあん》、隠元禅師《いんげんぜんじ》張交《はりま》ぜの小屏風《こびょうぶ》、あの屏風はなぁもし、ワテの旦那の檀那寺《だんなでら》が兵庫におまして、この兵庫の坊主の好みまする屏風じゃによって兵庫へやり、兵庫の坊主の屏風にいたしますとなぁ、かようお言伝《ことづて》願います」とまくしたてた。与太郎が面白がって何度も言わせているところに、おかみさんが登場。でもさっぱり分からない。「そうですねぇ、このところ雨ばかりで困ってしまいます……ちょっと、早くお客様に

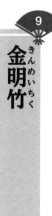

お茶をお出ししなさい！　小僧《こぞう》に小言を言って聞き逃したところがあるのでもう一度！」。もう一度聞いても分からない。使いの男は諦《あきら》めて帰っていった。

主人が帰ってきて、おかみさんから伝言を聞いたが、「仲買の弥市が気が違って、遊女を買って、千艘《せんぞ》や万艘《まんぞ》と遊んで、孝女《こうじょ》で掃除が好きで……」と、さっぱりわけが分からない。主人が「はっきりしたとこが一つくらいないのか？」と聞くと、おかみさんは「あっ！　古池へ飛び込みました」「え、あいつには道具七品の買いつけを頼んであったんだが、買ってかなぁ」「いいえ、買わずでございます」。

たい平のひとり言

前座《ぜんざ》の時に稽古《けいこ》をつけて頂いた噺《はなし》ですが、稽古中に「どうやって覚えて、こんな風にペラペラとしゃべれるようになるんだよ」と、これから先の落語家人生に暗雲がたれ込めたことが昨日のことのように思い出されます。それを察してくださったのか、道具七品を一品ずつ、丁寧《ていねい》に説明してくださったので今の私があるといっても過言ではありません。現在は東京でもテレビなどで大阪弁を当たり前のように聞いているので、この当時の人の気持ちとは少し遠いかもしれませんね。

感想

／

／

／

10

あくび指南《しなん》

初めてのことを習うのは意外と楽しい

お茶に三味線《しゃみせん》、踊《おど》りにお琴。いろいろなお稽古《けいこ》ごとが花盛り。

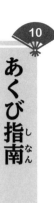

そんな中、近所で新しい家を建て始めた。何ができるのかと思っていたら、しばらくして出てきた看板は「あくび指南所」。普通に考えると、あくびを教えるところということになるが、何のことだか分からない。ただ、そこは新しいものが好きな江戸っ子のこと。面白そうだというので友達を誘ってみると、「そんなバカバカしいこと、いちいち教えてもらわなくてもいい！　だいいち、あくびなんて教わらなくっても自然に出るだろう」と言われたが「それを教えようってんだから、何かあるんだろう。なんなら、習わなくてもいいからついてきてくれよ」と頼んで、指南所についてきてもらった。

指南所に着くと師匠が出てきて、早速あくびの稽古をやってみることに。「いいですか、いつもみなさんがしているのは、駄《だ》あくびといって、下品なものです。これから教えるのは風流なあくびです。まず、四季のあくびの中でもごく簡単な夏のあくびを教えましょう。セリフがあります。おい船頭《せんどう》さん舟《ふね》を上手《かみて》にやっておくれ。堀から上がって一杯やりましょう。舟もいいが長く乗ってると退屈で〝ファ～ッ〟ならない」。実際にやってみると、なかなかどうしてうまくいかない。しまいには、あくびではなくクシャミが出てしまった。
　これを見ていた友達「待ってる俺のほうがよっぽど退屈で退屈で〝ファ～ッ〟ならねえ」。友達のあくびに、師匠すかさず「お連れさんのほうがご器用だ！」。

たい平のひとり言

　実にのどかな、実にバカバカしい指南所があったもので、それを大の大人が真剣に習っているのが落語の真骨頂《しんこっちょう》。〝四季のあくび〟なんてよく考えたものですよね。普段、無意識にやっていることを改めて習うと、こんなにも難しくなるものなのかと。ある時、まだ若い落語家が昼席の高座《こうざ》にこの噺《はなし》をかけていたところ、あまりにもヘタくそだったので、一席《いっせき》終わった途端《とたん》に、客席で聴いていたお客様が大きなあくび。これを見て落語家が一言「お客さんのほうがご器用だ！」。

感想

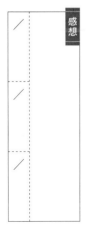

11 錦《にしき》の袈裟《けさ》

遊ぶ時にはとことんバカになることです

隣《となり》町の若い連中に吉原で悪口を言われたという若い衆。粋《いき》な仕返しができないかと話し合い、そろいの錦の褌《ふんどし》を作って、裸踊《はだかおど》りであっと言わせようということになった。

錦が人数分用意できなかったので仲間から外されそうになった与太郎は、女房《にょうぼう》に相談。「それじゃあお寺さんに行って錦の袈裟を借りといでよ。それを褌にしてさ、明日しわを伸ばして返したら分かりゃしないから」と、いい知恵を授かり、「明日必ず返す」との約束で、寺の和尚《おしょう》から錦の袈裟を借りてきた。

家に帰って早速締《し》めてもらうと、確かに立派な褌になる。ところが、袈裟についている白い輪がちょうど前に来てぶら下がってしまった。これは〝ちん輪《わ》〟ということにして、ともかく与太郎も錦の褌を調達することができた。

こうして、みんなそろいの錦の褌で遊びに出かけ、芸者を上げて騒《さわ》いだ挙句《あげく》、角力甚句《すもうじんく》を弾《ひ》かせ、一斉に褌一丁になって踊り始めた。錦の褌を見た吉原の女たちは、どこかのお武家様がお忍《しの》びで遊びに来られたのだと勘違《かんちが》い。中でも、前に〝ちん輪〟をぶら下げている与太郎が殿様に違いないということになったので、与太郎は大人気。他の男はそっちのけで、与太郎のところに女が集まることになった。

いざ帰ろうという時間になっても、花魁《おいらん》が「今朝は帰しません」と言って与太郎を離そうとしない。すると、与太郎は慌《あわ》てて「袈裟は返さねえと、お寺をしくじっちゃう」。

たい平のひとり言

落語国の住人は与太郎に対して実に寛容《かんよう》です。仲間外れにすることもないし、必ず遊びの仲間に入れてやる。さらに与太郎の奥さんがすごい。仲間とのつきあいを大切にして、亭主を吉原へ送り出してやるのだから。こんな奥さんがいたらいいなぁ。トンチも利いて、和尚の袈裟を借りてくる知恵を授けるあたりはもう与太郎への愛を感じます。

袈裟の独特の形。この噺《はなし》を聴いたあと、スマホで「袈裟」を調べて「ああ、ここが〝ちん輪〟っていうことかぁ」なんてね。

感想

／

／

／

12

崇徳院《すとくいん》

周りに迷惑かけるのが生きるということです

ある大家《たいけ》の若旦那が、心の病にかかってしまった。

出入りの熊にならと理由を話してもいいと言ったので熊が聞き出してみると、なんと恋わずらい。二十日ほど前に上野の清水《きよみず》様へお参りに行った帰りに、茶店でたまたま出会ったどこかのお嬢《じょう》さんに一目惚《ひとめぼ》れをしたのだという。別れ際にお嬢さんが落とし物をしたので拾って渡してあげると、お嬢さんが「瀬をはやみ岩にせかるる滝川の」と書いた懐紙《かいし》を渡して帰っていった。これは百人一首の崇徳院の歌で、下の句は「割れても末にあはむとぞ思ふ」。今は別れてしまったとしても、いつか一緒になりたいという意味だから、なんとしてでも再びあのお嬢さんに会いたい。そう若旦那が言うので、熊がお嬢さんを探すことになった。

もしも見つけ出せたら三軒長屋の大家にしてやると言われた熊だったが、手がかりはこの歌だけなので、人が集まるところに行っては大きな声で歌を詠《よ》み上げるだけ。銭湯を十八軒、床屋を三十八軒。

もうダメかと諦《あきら》めかけて入った床屋で、恋わずらいのお嬢さんのために、どこかの若旦那を探しているという男に出会った。男の話によると「瀬をはやみ岩にせかるる滝川の」だけが手がかりとのこと。それを聞いた熊がこの男を連れて帰ろうとするが、事情が分かった男も自分のところへ連れていこうとして揉《も》み合いに。お互い引っ張り合いをしていたら、勢い余って床屋の鏡を割ってしまった。床屋の親方に「どうするんだ！」と怒られると「心配するな。割れても末に買わんとぞ思う」。

たい平のひとり言

大学生の頃、亡き二代目桂枝雀師匠《しじゃく》のこの噺《はなし》を聴いて、頭が痛くなるほど笑ったのを覚えていますし、落語のすごさを知りました。座布団の上に着物を着た人が一人居るだけなのに、なんで映画のように、すべて見えてくるんだろうって。枝雀師匠がよく説いていた「笑いとは、緊張の緩和である」という言葉に最も当てはまるのがこの噺だと思います。ただ、あまりにもすごいものを最初に観てしまったために、この噺に手を出す勇気がなかなか出てきません。本当は好きなのに。

感想

／

／

／

第二章

こんな仲間と暮らしたい

友達やご近所さん、
仕事仲間から家族まで、
落語国ではいろんな仲間が現れます。
もしかしたら、あなたの隣《となり》にも……？

13

寄合酒《よりあいざけ》

何もなくても
仲間は集まっただけで楽しい

町内の若い衆が、みんなで酒を飲もうということになった。しかし、誰も金がない。そこで一人の男が、酒はなんとかするので、肴《さかな》はそれぞれ材料を持ち寄ってほしいと言った。

ところが、金がないのでそれも一苦労。乾物《かんぶつ》屋の子どもを鬼ごっこに誘い、鬼の角の代わりにこの鰹節《かつおぶし》をと言ってそのまま持ってきてしまう者、塩物屋の親《おや》爺《じ》の目をごまかして干鱈《ほしだら》を持ってくる者、原っぱに落ちていた味噌《みそ》を拾ってきたなどと怪しいものまで持ってくる始末。犬のくわえていた鯛《たい》を巻き上げてくる者と、ろくなのがいない。その上、誰も料理が分からないので、数の子を茹《ゆ》でたり、鰹節の出汁《だし》がらだけ残して、出汁で洗濯《せんたく》をしたりと大変な騒《さわ》ぎに。お燗《かん》の番をしていた男など、利《き》き酒《ざけ》をしたので酒盛りが始まる前から酔っ払っている。

そんなところに、豆腐屋から田楽《でんがく》の差し入れが来た。「おでん田楽と、運のつく食べ物だから、んの字をいった数だけ食えることにしよう」と、「ん尽くし」の遊びが始まった。「蜜柑金柑《みかんきんかん》わしゃ好かん」で四つから始まり「千年前新禅院の門前の玄関に、人間半面半身疝気《せんき》いんきん金看板、金看板根元万金丹《まんきんたん》、銀看板根元反魂丹《はんごんたん》、瓢箪《ひょうたん》看板灸点《きゅうてん》」とやって四十五本。

しまいに「ジャンジャン」「ガンガン」と、火事の半鐘《はんしょう》と消防の鐘《かね》の真似で際限なく取ろうとする男が出たので、「ふざけちゃいけない。これを食いな」「生の豆腐じゃないか」「今やったのが火消しの真似だろう、だから焼かずに食わせる」。

たい平のひとり言

寄席《よせ》の一席《いっせき》で聴くことが多い噺《はなし》ですが、十分前後だと途中の盛り上がりで終わってしまうことが多いです。なので『寄合酒』というタイトルなのに酒を飲むシーンは出てきません。後半では、お燗番《かんばん》が酔っ払ったり、一席として独立している『ん廻《まわ》し』なんて噺につながったりもしています。

金がなくてもみんなで集まってワイワイガヤガヤやるのは、いつの時代でも楽しいもので、その中に一人でも変わったやつがいると、いい酒のツマミになったりするんですよね。

感想

／
／
／

14

不動坊《ふどうぼう》

たい平バージョン

男のジェラシーのほうが面倒《めんどう》くさいんです

長屋に住む吉公《きちこう》。大家に呼び出されて話を聞きに行くと、同じ長屋の講釈師《こうしゃくし》、不動坊《ふどうぼう》火焔《かえん》の妻のお滝と結婚してほしいとのこと。不動坊が仕事先の北海道で亡くなり、そのあとで多額の借金が見つかったが、お滝一人で返すのは難しいので、吉公が結婚して返済をしてほしいという話らしい。吉公は、前から好意を持っていたお滝と夫婦になれるならと、その日のうちに一緒に住むことに決めた。

そのことが、銭湯で吉公が独り言をこぼしたために、長屋の独り者に知れてしまった。みんなが憧《あこが》れていたお滝が吉公と結婚するのが悔《くや》しくなった独り者は、仲間の鉄と万、それに幽霊《ゆうれい》役の落語家を入れた四人で、吉公の家に不動坊の幽霊を出すという嫌がらせを考えた。

真夜中になると、四人は屋根に登って準備を始めた。窓を開けて天井から幽霊役をぶら下げるという計画で、万には人魂《ひとだま》に使うアルコールを買ってくるように頼んでおいた。ところが、万は聞き間違えてアンコロを買ってきていたので、「これじゃ火がつかないだろ、バカ！」とケンカが始まってしまった。
天井から妙な物音がするのを聞いた吉公が台所へ行くと、目の前に幽霊が現れた。思わず悲鳴《ひめい》を上げたが、「誰だ！」と聞くと、幽霊は「聞いてきませんでした」。
吉公が「話があるなら下りてこい」と幽霊の裾《すそ》を引っぱると、天井から四人が落ちてきた。遅れて、天井からアンコロの入ったビンが落ちてきて、吉公の頭に直撃。中からアンがこぼれて吉公の頭にたれてきた。「いい加減にしろ!!」と吉公が怒鳴《どな》ると、万が「アンコロだって火がつくじゃねーか」。

たい平のひとり言

大の大人が夜中に屋根に登って、必死に怖《こわ》がらせようとしている姿を想像するだけで楽しいですよね。元々は上方《かみがた》落語でした。オチも時代によって色々と変わってきましたが、どれも今の時代にこれ！　といったものができない感じがして、あれやこれやと試しています。吉公の頭に落ちたビンの中からアンコロが出てくるオチや、幽霊が「聞いてきませんでした」というくだりは、私が変えた場所ですが、もっと腑《ふ》に落ちるようにできないかなぁと演《や》る度に挑戦しています。

感想

／

／

／

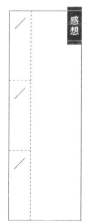

15

長屋《ながや》の花見《はなみ》

人生の本当の楽しみは貧乏の中にあり

ご近所から「貧乏長屋」と呼ばれている、ある長屋の大家。「うちの長屋は貧乏長屋なんて言われてるらしい。そこで一つ、陽気にみんなで花見にでも出かけて、貧乏神を追っ払おうじゃねーか」。

とは言っても、そこは貧乏長屋の住人たち。ほとんど家賃を払っていない人、引っ越してから一度も家賃を払っていない人、挙句《あげく》の果てには家賃という言葉の意味さえ知らない人までいるから、あんまりお金をかけた花見はできない。それでも大家が、「ここに一升瓶《いっしょうびん》が三本、この重箱の中にはかまぼこと玉子焼きが入ってるから」と言うので、みんな喜んで出かけた。

ところが、肝心《かんじん》のお酒は薄めた番茶。色は本物そっくりだが、〝お酒〟ではなく〝お茶け〟。肴《さかな》のほうも同じで、玉子焼きはたくあんで、かまぼこは大根。

酒が飲めると思ってきたのに、お茶けにたくあんでは盛り上がらない。大家が大きな声で「かまぼこ食べな!」と言うと「あたしゃ、これの味噌汁《みそしる》が大好きで。

胃の悪い時はかまぼこおろしにします」。「玉子焼きを取ってあげよう」と言われると「あっ！　その尻尾《しっぽ》じゃないほう」。

陽気に歌えと言われても、お茶けなので嫌々飲んで「あぁ酔った。俺は酒を飲んで酔ってるんだぞ！　大家さん、これはどこのお酒ですか？」「これは灘《なだ》の生一本だ」「えっ？　あっしは宇治かと思った」とやっている。

すると、お茶けを飲んでいた一人が「大家さん、近々長屋にいいことがありますよ」「えっ、どうしてそんなことが分かるんだい？」「湯のみの中をご覧なさい、酒柱が立ってる」。

たい平のひとり言

噺《はなし》が創られた当時と今とでは、物価が違いますよね。たくあんを玉子焼きに見立てる、大根をかまぼこに見立てる。でも今は、卵のほうが安いかもしれません。でも変えたらダメなんです。古典落語の中には、現代に合わせて変えていかなければいけないものと、絶対に変えてはいけないものがあるんです。この噺は後者です。想像力の中で楽しむのが落語ですから、実にイメージしやすく、おかしみがある。この噺を聴いていると貧乏もみんな一緒なら楽しいなぁと。

感想

16

茶《ちゃ》の湯《ゆ》

知らないことは知らない！　と言える大人に

あるご隠居《いんきょ》が、お気に入りの小僧《こぞう》を一人連れて根岸《ねぎし》の里に住むことになった。のんびり隠居暮らしとは言っても、毎日やることがなくて退屈なもの。幸い、家には元から茶室がついていたので、茶の湯でも始めてみることにした。

ところが、ご隠居は茶の湯のやり方を知らない。でも、恥《は》ずかしくて小僧に知らないとは言えないので、知ったかぶりをしてしまう。小僧に青い粉を買いに行かせ、買ってきたのは青いきな粉。かき回したけど泡が立たない。泡の立つものが必要だと思ったご隠居は、小僧に買いに行かせた。石鹸《せっけん》の代わりに使うムクの皮を買ってきたので、今度は茶釜《ちゃがま》からものすごく泡が立つ。これを毎日飲み続けた二人は、お腹を壊してしまった。

そこで今度は、長屋連中を招待して飲ませようということになった。長屋のほうでは、誰も茶の湯を知らないので大騒《さわ》ぎ。来ないと長屋を追い出すと言われたので仕方なくお茶を頂きに行ったが、出てきたお茶はひどいもの。口直しのようかん

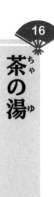

は美味しかったので、それからはみんなようかん目当てで集まるようになった。

するとこんどはようかん代が馬鹿にならないので、茶菓子も自分たちで作ることにした。こちらも当然ひどい出来。

ある日、何も知らずにご隠居のところへ来た友達。まずいお茶にたまらず、目の前にあった饅頭《まんじゅう》を口の中に入れたら、こちらもたまらない。すぐに口から出して、便所に行くふりをして垣根《かきね》の向こう側の菜の花畑に投げ捨てた。

すると、畑仕事をしていた百姓の頬《ほお》に饅頭が当たった。百姓は笑いながら「また茶の湯かぁ」。

たい平のひとり言

大人になったり、偉くなったりすると〝知らない〟と言えなくなってしまうことがありますよね。それが招いた悲劇。その悲劇は身内だけに留まらず、周りの人たちまで巻き添えにしてしまうという喜劇。家作《かさく》に住む三軒に訪れる突然の引っ越し騒ぎ、私はこの噺《はなし》の中で一番大好きなところです（ぜひ、寄席《よせ》で聴いてください）。「ブルータスお前もか！」と思わず言いたくなってしまうところ。オチも、春ののどかさを描きながら迷惑なご隠居を引き立たせています。お百姓さんのナイスな返し。

感想

／

／

／

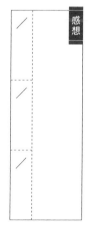

17

のめる

クセがないという人ほどクセがあるんです

酒好きで「のめる」が口癖《くちぐせ》の熊と、どんな楽しい時でも「つまらねえ」と言ってしまう八っつぁん。

互いに口癖を直そうということになり、一回言うごとに百文を相手に払う約束をした。

話がまとまった時に「百文あったら一杯のめる！」と言ってしまい、早速百文払うことになった熊は、なんとか八っつぁんに「つまらねえ」と言わせて酒が飲みたいと考え、何かいい方法がないかとご隠居《いんきょ》のところに相談に行った。するとご隠居は「練馬のおばさんから大根を百本もらったんだ。たくあんに漬けようと思うんだが、醤油樽《しょうゆだる》しかないんだ。それでつまるかなぁ？　と聞いてみな。必ず『つまらねえ』と言うだろう」と教えてくれた。

すぐに八っつぁんにこの話をしてみると「そりゃつまら……！」。途中で気づかれて「入《へ》りきらねえ」「残るな」などと、うまく交わされてしまった。「そんなことより、俺はこれから出かけなくちゃいけねえんだよ」と八っつぁん。どこへ行くのかと聞くと、婚礼だと言う。「婚礼？　そりゃ一杯のめるな！　あっ……」。こうしてまた百文取られてしまった。

熊がもう一度ご隠居に相談しに行くと、今度は詰め将棋《しょうぎ》を考えるふりをしていろと教えてもらった。やってみると、将棋好きの八っつぁんが寄ってきて興味《きょうみ》津々《しんしん》。「んー、これはつまらねえな」「わーい、言いやがった。百文出せ」「いやぁ、恐《おそ》れ入った。おめえの知恵にしちゃ上出来だから、倍の二百文やろうじゃねえか」「ありがてえ、一杯のめる！」「おっと、さっ引きだ」。

たい平のひとり言

直そうと思ってもなかなか直せないのが癖ですよね。特に言葉は、無意識に使っていることが多いから難しいのです。そういう時にこういう友達がいてくれたら嬉しいなぁ。特にお金がかかると真剣になる。日常のなかの細やかな出来事にスポットをあてて、笑い話に変えていく。娯楽が少なかった時代の人たちは、人生の楽しみ方を知っていますよねぇ。言葉遊びは昔の人のほうが上手かも。オチはトントン拍子《びょうし》に噺《はなし》が終わる、トントンオチというものです。

感想

／

／

／

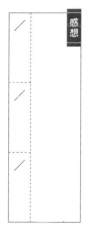

18

御慶《ぎょけい》

非日常が、日常を彩ってくれますね

仕事もしないで富《とみ》くじに熱中してい る八五郎。毎度奥さんに怒られてはいるが、富くじが買いたくて仕方がない。今回は「おめでたい夢を見たから絶対に当たるんだ」と言って、お金がないので奥さんの着物を無理やり脱がせて質に入れ、富くじを買いに行った。

夢の内容は、はしごの上に鶴《つる》が止まっているというもの。鶴は千年というから、鶴の千。その下にはしごがあるから当て字で八四五。鶴の千八百四十五番という札が狙いだった。ところが、その札はもう売れてしまったという。

落ち込んでとぼとぼと家に帰る途中、占い師がいたので、八五郎はせめて夢占いが正しいかだけでも見てもらうことにした。すると「はしごは上から下に下りる時に大事なものか、下から上に上る時に大事かどっちだ?」「どっちもだ」「そうではない、上からは飛び降りればいいが、上へははしごがないと行けない。だから、はしごのほうは上から下へ八四五ではなく、下から上へ五四八だ。鶴の千五百四十八番を買いなさい」と言われた。八五郎が買いに戻ると、なんと鶴の千五百四十八番は残っていたので、「これで千両!」と迷わず買った。

ほどなくして富くじの抽選《ちゅうせん》が行われると、八五郎の買った札は大当たりの千両。お正月に裃《かみしも》をつけ、袴《はかま》をはいて、刀をさして挨拶《あいさつ》回りがしたいので、一式そろえて、大家さんには「御慶」という挨拶の言葉も教わった。

そしていよいよお正月。道で会った友達に「御慶」と挨拶すると、それを「どこへ?」と聞き間違えた友達が「初詣《はつもうで》の帰りだよ!」。

たい平のひとり言

私がこの噺《はなし》を初めて聴いたのは大学三年の冬。ラジオの正月特番で流れてきた三代目古《こ》今亭志《こんていし》ん朝《ちょう》師匠のものでした。はしごをどう捉《とら》えるかのくだりのところが実に楽しく、狭《せま》いアパートで一人ゲラゲラと初笑いしたことを思い出します。富くじに当たった喜び、正月を迎えるワクワク、そして正月の朝のしーんとした、つーんとした空気感が伝わってきて、落語の力のすごさを実感しました。〝御慶〟って最近聞かない言葉ですが、これを聴くと使ってみたくなりますよね。

感想

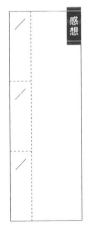

19

ぞろぞろ

時には〝神頼み〟もいいんじゃないですか

二人で茶店をやっている老夫婦。あまり儲《もう》からず、茶店だけだと生活が苦しいので、雑貨やわらじなども売っていた。貧しいながらも、二人は毎日近所のお稲《いな》荷《り》様へお供《そな》えをして、手を合わせていた。

ある日、老夫婦がお参りから帰ってくると、雨が降り出した。たくさんの人が雨宿りをしに茶店へやってきて、ただ雨宿りをするのでは悪いからと、お茶やだんごを頼んでくれる。さらに、雨で道が滑《すべ》るからとわらじも買ってくれたので、何年も売れ残って天井に下がりっぱなしだったわらじが売り切れてしまった。毎日お祈りしていたお稲荷様のご利益《りやく》に違いないと感謝していると、またお客さんに「わらじを売ってくれ」と言われた。「もう売り切れました」と答えると「あそこにあるじゃねえか」。

見てみると、わらじが天井からぶら下がっている。引っ張ってはずすと、あとから新しいわらじがぞろぞろっと出てきた。これを聞いた人たちの間で「あそこのお稲荷様は大変ご利益がある」と評判になり、お稲荷様も茶店もたくさんの人が来るようになった。

この話を聞いた床屋の親爺《おやじ》。自分も最近儲からないから、お参りに行って「どうかあの茶店と同じご利益をお願いします」とお祈りし、店に帰ってくると、なんと同じように行列ができていた。

「親爺！　どこに行ってたんだよ、早くやってくれ」「へい！　さすがは評判通りのお稲荷様だ、もうご利益が現れた」。

喜んだ床屋が剃刀《かみそり》を持って客の髭《ひげ》を剃《そ》ると、あとから新しい髭が、ぞろぞろっ！

たい平のひとり言

直接は間に合いませんでしたが、ＣＤで聴いた八代目林家正蔵《しょうぞう》師匠（木久扇《きくおう》師匠が震える声で物真似をする彦六師匠のことです）。主役が信心深い茶店夫婦なもんですから、彦六師匠と重なって、このありえないご利益の話も真実のように聴こえてきて、すごいなぁと思ったものです。茶店夫婦のところだけで終わってしまえば、信仰心は大切ですよ！　という教訓で終わってしまうところ、床屋が一気にバカバカしい話にしてくれる、実ににくいオチです。

感想

／

／

／

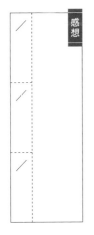

20

小言幸兵衛《こごとこうべえ》

小言は言うべし酒は買うべしです、本当は

口うるさいので有名な、長屋の家主の幸兵衛。長屋の住人どころか部屋を借りに来た人にまで小言を言うので、ついたあだ名が「小言幸兵衛」。そんな幸兵衛のところに、今日も部屋を借りに来る者が。

最初に来たのは豆腐屋の男。「ご家族は？」「結婚して八年になる嫁《よめ》が一人、子どもはおりません」「八年も子どもがいないとは、これはいけない。うちの長屋へ入るなら、そんな嫁とは別れなさい」「八年連れ添った嫁と別れろとはどういうことだ！」と、いらぬ小言で口論になり、豆腐屋は怒って帰ってしまった。

次に来たのは仕立《した》て屋の男。仕立て屋も結婚していて、こちらは子どももいたが、それが二十歳の一人息子で、腕のいい職人だとなると話が変わる。「長屋に住んでいるどこかの一人娘と結婚したいと言ったらどうする。そこが後継《あとつぎ》が欲しいと言ったら、婿にやれるのか？」「一人息子なので難しゅうございます」「結婚したいと言って聞かなかったら、心中することになるぞ」と小言を言って、一人芝居で心中の場面まで演じ始めた。「そこにいるのはお花じゃないか。そういうお前は……お前んとこの息子の名前は？」「はい、鷲塚《わしづか》与太左衛門と申します」「間抜けな名前をつけたもんだね……色っぽくなくなるねぇ芝居が……」。仕立て屋も怒って帰ってしまった。

その次は、威勢《いせい》のいい職人がやってきた。「家主の幸兵衛ってのはてめえか!?」「はいそうですが」「てめえの長屋を借りてやる。家賃なんて、高《たけ》えこと言うと許さねえからな！」「乱暴なやつだなぁ。お前さんの商売は？」「鉄砲鍛冶《てっぽうかじ》だ」「あぁ、道理でポンポン言い通しだ」。

たい平のひとり言

小言を言われるのは、誰でも嫌ですよね。噺《はなし》の中のことであっても、延々と小言が続いたら、お客さんが自分のことを怒られているように感じて居心地が悪くなってしまいます。が、この幸兵衛の小言のレベルのくだらないこと。だからずっと聴いていても楽しくなるのです。こんな人いないよと思うかもしれませんが、昔は町内に一人ぐらいこんなおじさんがいたもんです。みんな小言を言われ慣れているから、小言が始まると笑いをこらえるのが大変でした。

感想

／

／

／

21

鰻屋《うなぎや》

三匹目のどじょう、いや鰻はいない

新しく近所にできた鰻屋に出かけた男。鰻の蒲焼《かばやき》を注文したが、どれだけ待っても出てこない。漬物《つけもの》が出て、お酒が出て、しばらくしたらまた漬物、次はお酒……。「おい！　俺は漬物を食いに来たんじゃねえんだ。いつまで待たせるんだ。早く鰻を持ってこい」と言うと、店の若い者がようやく鰻を持ってきた。ところが、出てきたのは蒲焼ではなく丸焼き。「バカ野郎、俺は蒲焼を食いに来たんだ！」と怒ると、鰻屋の主人に「実は職人が出かけたまま帰ってきませんので、鰻を割《さ》くことができないのです。お詫《わ》びと言ってはなんですが、漬物とお酒のお代はいりません。誠に申し訳ございません」と言われたので帰ってきた。

次の日、男は「タダで飲める店がある」と後輩を誘って、同じ鰻屋へ。心配する後輩に向かって「心配するな。さっき職人が出かけていって、店にいないのは確かめてきたんだ」。

鰻屋に入ると、店の主人が「申し訳ありませんが職人がおりませんので」「だけど、お前だって鰻屋のご主人だろう。ならば、この元気そうに泳いでるこいつを蒲焼にしてもらおうか」。

仕方なく主人が鰻をつかまえようとするが、ヌルヌルしていてつかめない。やっとつかめたと思ったら「あっ、上に向いてる！　誰かはしごをかけて。あっ、戸を開けて。すみませんお客様、留守を頼みます！」と言って店を出ていった。「おい、どこへ行くんだ」「あっしには分かりません。前に回って鰻に聞いてください」。

たい平のひとり言

長屋の連中は、タダ酒に命をかけているようなところがありますねぇ。タダと聞いたら情報が回るのが早いのなんの。鰻屋がまたひどい目に遭《あ》うのかと思いきや、別のひどい目に遭ってしまいましたね。この噺《はなし》は仕方噺といって仕方、つまり仕草が命なんです。鰻をなかなかつかまえられない仕草。つかんだものの、手からすり抜ける仕草。その鰻に見立てるのが親指で、本当に上手な人が演《や》ると指が鰻の頭に見えてくるからすごいんです。前に回って指の動きを見てください、なんてね。

感想

／

／

／

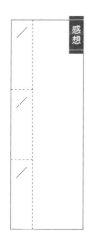

22

権助提灯《ごんすけぢょうちん》

冷静な目で日頃から見られていますよ

ある商家のご主人。奥さんがいるのだが、他に愛人がいる。夫婦仲が悪いのかと思ったら、奥さんも愛人もできた人で、相手のことなど気にしない。奥さん公認、愛人公認の円満な関係だ。

風の強い日、奥さんがご主人に「風が強くて心配だ。奉公人《ほうこうにん》がたくさんいるこの家より、人の少ない向こうの家に行ったほうがいいんじゃないかい？」。ご主人は奥さんの心意気に感謝して愛人の家へ行こうとするが、もう暗いので提灯《ちょうちん》持ちがいる。そこで、たまたま起きていた住み込みの権助を連れていくことにした。

ご主人と権助が愛人の家に着くと、喜ぶかと思った愛人はなんと「ご厚意に甘えてしまうと奥さんに申し訳がありません」。仕方がないので、ご主人と権助は提灯を灯して来た道を戻った。

帰ったら帰ったで、今度は奥さんが「向こうのお気持ちはとても嬉しいけれど、このままではこちらの気持ちがおさまりません。どうぞ向こうのお家《うち》へ」。仕方がないのでまた愛人の家へ行こうと、ご主人が権助に「おい、提灯！」と言うと、権助は「つけたまま待っておりました」「なんだと、ロウソクがもったいない……一本で足りるものを二本使う、それが無駄《むだ》だ」。すると権助「二つある無駄が分からねえか」と問答。ご主人と権助は、また提灯を灯して来た道を戻った。

再び愛人の家に着くと、また同じように「そういう話でしたら、なおさら遠慮《えんりょ》します」。いい加減くたくたになったご主人が、もう一度家へ帰ろうと、権助に「おい権助、提灯をつけろ」と言うと、権助「いや提灯には及ばねえ、夜が明けた」。

たい平のひとり言

今では考えられない大らかな時代のお噺《はなし》です。ご本妻と愛人の間を行ったり来たりするんですからねぇ。二人の女性はお互いを立てているように見えて、ものすごく火花が散っています。決して言葉を荒げない女の戦い。その中で、普段はしっかりした主人の株が落ちていくのを横で見ている権助。ロウソクを消さずに待ってる権助に主人が「一本で足りるものを二本使う、それが無駄だ」と怒ると「二つある無駄が分からねえか」と言い返す辺りが痛快ですね。

感想

／

／

／

第三章

絶体絶命のピンチ

ピンチの時でも落語は始まる。
だって、ピンチの時のトンチって、
面白いのが多くないですか？

23

御神酒徳利《おみきどっくり》

嘘から出たまことととは
よく言ったもんです

江戸の旅籠《はたご》の大掃除の日。もしなくなったら大変と、番頭の善六が家宝の御神酒徳利を水瓶《みずがめ》の中にしまっておいた。ところが、善六がうっかりそのことを忘れてしまい、家宝の徳利がないと店中が大騒《さわ》ぎになってしまった。

家に帰った善六は、ふと徳利のことを思い出した。でも、あの騒ぎのあとなので今更《いまさら》言い出しにくい。困っていると奥さんが「そろばんで占ったふりをしたらどうですか?」と名案を授けて、占い師の父がよく使っていたという占いの口上も教えてくれた。翌日、善六のそろばん占いは見事に的中。家宝の徳利が見つかったので、その日はお祝いの大宴会《だいえんかい》になった。

その話を聞きつけたのが大坂の鴻池《こうのいけ》の大番頭。お店の主人の娘が病気で苦しんでいるので助けてほしいと善六に頼んできた。困った善六が再び奥さんに相談すると、奥さんは「大丈夫だよ、きっと。なんとかなるから行ってきなさい」。諦《あきら》めて大坂へ向かった善六。今回はさすがに打つ手がないので、困った時の神頼みと水行をすることにした。すると、お稲荷《いなり》様が現れて「柱を掘ると観音像が出てくるから、それをお祀《まつ》りするように」とのお告げ。善六はこれもそろばんで占ったふりをして教えてやると、娘の病気が治り、鴻池の人たちは大喜び。何かお礼はできないかと聞かれたので、善六が「旅籠をやりたい」と言うと、立派な旅籠を建ててくれた。

番頭から旅籠の主人になった善六。そろばんで成功しただけに、暮らしは桁違《けたちが》いによくなった。

たい平のひとり言

その場を取り繕《つくろ》うためについた嘘で大変なことになってしまった経験がある人も多いのではないでしょうか。どんな気持ちで旅を続けていたことでしょうね。さらに推理小説のような、大どんでん返し。一気に頭の上にかかっていたぶ厚い雲が取れて、光が差してくるような展開になってくる。だから噺《はなし》のほうもここからは、ガラッと語りを変えてテンポよく演じていきます。その辺りを演者と共に楽しんじゃってください。

感想

／

／

／

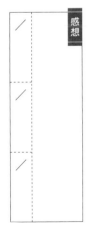

24

たがや

たい平バージョン

強い者に弱い者が勝つ。
心がスッとします

　両国の川開きは、江戸っ子が楽しみにする年中行事の一つ。川遊びの解禁日で、花火も打ち上げてお祭りのようになる。当時、江戸には「かぎや」と「たまや」という二軒の花火屋があったが、花火をほめるかけ声は何故か「たーまやー！」ばかり。

　その川開きの花火が最もよく見えるというのが両国橋で、当日は見物客で大混雑になった。そんなところにやってきた旗本《はたもと》の一行。槍持ちが一人に、供侍《ともざむらい》が二人。旗本は馬に乗っている。「寄れい！寄れい！」と言って、人混みを押し分けながら無理やり橋を渡り始めた。

　そこに、反対から桶《おけ》を締《し》めるタガを直して回る〝たがや〟が、大きな道具箱をかついでやってきた。「いけねえ、川開きだって忘れてた。えれえことしちまったな。でも、永代橋《えいたいばし》まで行ってもしょうがねえや。仕方がねえ、通してもらおう」と、橋を渡り始めた。

　かついだ道具箱がいろんな人の頭に当たって、何度も怒られながらもなんとか橋を渡るたがやと、群衆を押しのけて渡ってきた旗本とが、橋の中ほどで出くわした時、たがやが、押された拍子《ひょうし》に道具箱を落としてしまった。すると、小さく丸めてあったタガが落ちた拍子に伸びて、旗本の陣笠《じんがさ》をはね飛ばした。怒った侍たちは刀を抜くが、ケンカに慣れているたがやのほうが強く、旗本を返り討ち。旗本が逃げ帰っていくと、観衆がたがやの周りに集まってきて胴上げをし始めた。高く高く宙に舞うたがやを見て、観衆が声をそろえて、「あがったあがったー、たーがやー!」。

たい平のひとり言

〝地噺《じばなし》〟というジャンルの噺です。多くはセリフで進行することが多い落語にあって、地語り、つまり落語家自身が途中途中、自分の口調で解説したり、例話を引用したりするんです。早い話が、途中で脱線につぐ脱線をするんです。私の大師匠初代林家三平は地噺の天才でした。脱線して元の噺に戻れなくなってしまったこともありました。達者な話芸がないと難しいんです。七代目立川談志師匠も得意でしたし、今は春風亭小朝師匠がとってもセンスある語りをされますよ。

感想

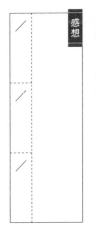

25 風呂敷《ふろしき》

いざという時の発想が生きる上で大事！

亭主が留守にしている間に、昔馴染《なじみ》の男を家に入れた女房《にょうぼう》。二人で酒を飲んでいたら、酔っ払った亭主が帰ってきた。亭主がやきもち焼きなので、男といるところを見られたら何を勘違《かんちが》いされるか分からない。そこで女房は男を押入れに隠《かく》れさせたが、その前に亭主が座り込んで寝てしまったので、男は帰れなくなってしまった。困った女房は、酒を買いに行くと言って家を出て、町内の鳶頭《かしら》に相談しに行った。

話を聞いた鳶頭は、風呂敷を持って女房の家に行き、酔った亭主を起こして話を始めた。「ちょうどこの近所でごたごたを収めてきたところでよ。そこのかみさんが間男《まおとこ》を家に入れてたんだが、いきなり亭主が帰ってきたんだ。かみさんは慌《あわ》てて押入れに男を隠したんだが、亭主が押入れの前に、お前みてえに座っちまったんだよ」「へぇ。で、どんな風に逃したんだよ。聞かせてくれよ」と亭主。「それじゃ教えてやらあ。ちょうどおめえみてえに寝転んでな、こう首に手をかけて起こしてよ」「うん」「で、こうやって、そいつに風呂敷をかぶせちまった……見えるか？　見えねえだろ。そこで、俺が押入れを開けたんだ。中にはその野郎がいるんだよ。それから俺が『早く出ろよ』って、目配せをしたんだ。で、そいつが出ていったから、『忘れ物するんじゃねえぞ。下駄《げた》も間違えんな』って言ってやったんだよ」「うん」「そいつが出ていっちまったあとで、こうやってパッと風呂敷を取ったと、こういうわけだ」。すると亭主が膝《ひざ》をポンと叩いて「なるほど。そいつはうまく逃しやがった」。

たい平のひとり言

こんな鳶頭が近くにいてくれたらどんなに心強いだろうか。度胸があって、機転が利く。どんなことが起きても解決してくれそう。

登場人物は三人という実にシンプルな噺《はなし》だが、これほどまでに落語という芸にピッタリなのはないのではないだろうか、と思うくらい。酔った亭主に話す時と、隠れていた男に話す時の声のトーンの差。演者としても、ツボにはまった時は演《や》っていて楽しくて仕方がないのです。騙《だま》されちゃっても幸せな時ってあるんですよねぇ。

感想

／

／

／

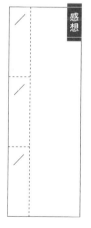

26

愛宕山《あたごやま》

絶体絶命の時こそ天才的なひらめきがある

お金持ちの旦那のお供《とも》で京都へ行き、愛宕山に登ることになった、たいこ持ちの一八。旦那をはじめ、京都の芸者も引き連れてぞろぞろと。その道中の陽気なこと。ところが、「山登りなんか朝飯前ですよ」と強がった一八が、息が続かず、みんなから遅れてしまった。

一八が遅いので、旦那の一行は途中の茶店でお昼を食べることにした。ここで旦那は一八にかわらけ投げという遊びを見せる。五センチほどの素焼《すや》きのお皿を投げて、谷のところにぶら下げた輪の中を通すという遊びで、旦那は何度もやっているとみえて上手に的の中を通していく。すると今度は、小判を三十枚取り出した。「何をするんです?」と聞くと、皿の代わりに投げてみると言う。

もったいないからやめてくださいと一八が止めたが、旦那は本当に三十両を投げてしまった。小判は一つも的の中を通らず、全部谷底へ。「あの小判どうするんですか」「拾った人のものだ」「あたしが拾っても?」「そうだ」。取りに行くには、深い谷底へ飛び下りるしかない。茶店にあった傘《かさ》を借りてみたが、怖《こわ》くて飛べずに悩んでいると、後ろから突き飛ばされ、気がつくと一八は谷底にいた。

谷底に落ちた一八が三十枚の小判を拾い集めて上に戻ろうとするが、今度は上がる方法がない。そこで一八は、着ていた着物を細く裂《さ》いて長い縄を作り、一番高い竹の先に引っかけて、弓なりにしなった竹が元に戻ろうとする力を利用して谷底から飛び上がってきた。

「ただいま」「えらいやつ、生涯贔屓《しょうがいひいき》にしてやるぞ。金はどうした?」「あっ、忘れてきた」。

たい平のひとり言

上方《かみがた》落語にはハメ物といって、噺《はなし》の合い間に三味線《しゃみせん》や太鼓《たいこ》が入るネタが多くあります。元々の落語の発生の違いで、上方は辻説法《つじせっぽう》といって往来で客の足を止めて噺を聴いてもらうことから始まったので、にぎやかに演出してたんですね。『愛宕山』では、「その道中の陽気なこと」というセリフがきっかけで鳴物が入るんです。ジャンルとしては仕方噺でしょうかねぇ、ほぼジェスチャーで見せる。かわらけを投げる仕草から始まり、全編体を使います。体力がないとできない一席《いっせき》です。

感想

／

／

／

27

本膳《ほんぜん》

分からなければ聞けばいいんです、聞けば

ある村の庄屋《しょうや》の家で、嫁《よめ》取りの祝いが行われることになり、村の主《おも》だった人が招かれることになった。ところが、三十六人もいるのに、祝いの席で出される本膳の頂き方を誰も知らない。そこで、手習いの師匠のところに教わりに行くことになった。

しかし、祝いの席はその日の夜。一人ひとり丁寧《ていねい》に教えていたら間に合わないので、師匠が一番上座《かみざ》に座って食べ、隣《となり》の人に真似をさせていくことにした。

「私がお辞儀《じぎ》をしたらお辞儀をする、箸《はし》を持ったら箸を持つ。いいね！」。

いよいよ本膳が始まった。師匠がお椀《わん》の蓋を取ると、みんなも取る。師匠が一口吸うと、隣の男が「一口だぞ、二口吸うでねえだよ」。みんなが真似をし終わるまで、いちいち時間がかかって仕方ない。

ご飯を食べようとした師匠が、うっかり鼻の頭にご飯粒を二つつけてしまった。

「難しいもんだなぁ、今度は鼻の頭に飯粒二つつけるだかよ。おい！　おめえは五粒もついてるぞ。三粒減らせ」。

平椀が出てきた。運が悪いことに、中身は里芋の煮っ転がし。その上、塗《ぬ》り箸《ばし》だから滑《すべ》ってしまう。師匠が思わず取り損なって、お膳の上に落としてしまった。すると、みんなもわざとお膳の上に里芋を転がした。師匠が箸で突き刺そうとすると、みんなも箸で芋を刺す。

真似をしなくていいと注意するため師匠が隣の人をひじで突くと「いてえ！本膳てえのは、いてえもんだなぁ」。突かれた人は、また隣の人へ。ところが、一番端に座っていた男が隣を突こうとしたら、誰もいない。

「師匠！この礼式はどこへやるだね！」。

たい平のひとり言

村の庄屋さんのところに呼ばれてみんなで大失敗をするこの噺《はなし》。そののどかな情景が目に浮かんだのが、三代目桂文生《ぶんしょう》師匠を聴いた時でした。師匠も気仙沼《けせんぬま》の出身なので、訛《なま》りを唄《うた》い上げるように話されていて、とても面白く稽古《けいこ》をつけてもらいました。私が前座《ぜんざ》の頃、五代目柳家小《こ》さん師匠に旅に連れていってもらった先で懐石《かいせき》料理が出されたことがあって、一つの料理の食べ方が分からなかった。小さん師匠の真似をして食べようと見ていると「分からねぇ、手づかみで食っちまえ」って（笑）

感想

／

／

／

28

お見立《みた》て

人生は、狐《きつね》と狸《たぬき》の化かし合い

田舎者《いなか》の杢兵衛《もくべえ》は、喜瀬川花魁《きせがわおいらん》に首ったけ。でも、喜瀬川のほうはしつこい杢兵衛が鬱陶《うっとう》しくてたまらない。ある日、杢兵衛が来ると、喜瀬川は店の若い衆の喜助を使って杢兵衛を追い返そうと企んだ。

杢兵衛を店に上げてしまったという喜助に喜瀬川は「風邪で寝込んでいるけど、悲しませないために隠《かく》してたと言いな」。喜助がその通りに説明すると、杢兵衛はお見舞いすると言い出した。顔なんか見たくないので「喜瀬川は杢兵衛が恋しすぎて死んだってことにするんだよ」。

喜助が杢兵衛に「なんとも言いにくいことですが、喜瀬川は死んでしまいました」と説明すると「バカなことを言うな！」。「杢兵衛さんが最近いらっしゃらないので、恋煩《こいわずら》いで飯も食えず、やせ細って亡くなったのです」。喜瀬川の仕込みと喜助の演技でうまくごまかしたと思ったら、次は墓参りに行くと言って聞かない。これも喜瀬川に話すと、「適当な寺へ杢兵衛を案内してさぁ、誰の墓でもいいからお参りさせればいいじゃないか。お花も上げて、戒名《かいみょう》も見えないようにして」。
仕方なく、喜助は杢兵衛を連れて墓参りに。「俺は生涯《しょうがい》独り身でいるから、安心して成仏しろよ。えーと、戒名は……萬《まん》福院暗蒙養空信士《ぷくいんあんもうようくうしんじ》。こりゃ男の墓じゃねえか！　本当の墓はどこだ！」「すみません間違えました。この墓の隣《となり》です」「なんだ、隣か。南無阿弥陀仏《なむあみだぶつ》、南無阿弥陀仏。喜遊童子《きゆうどうじ》……こりゃ子どもの墓でねえか⁉」「間違えました。本当はこっちで……」「なになに、陸軍上等兵……バカ野郎！　喜瀬川の墓はいったいどれだ！」と尋《たず》ねると、喜助「ずらり並んでおりますので、よろしいのをお見立て願います」。

たい平のひとり言

この噺《はなし》を習って演《や》り始めた頃に、お世話になってる方から「私はお見立てという噺、嫌いなんです。嫌な女だし、田舎者をバカにしているようで、聴き終わったあとに嫌な気持ちになる」と。なるほど、色んな感じ方があるんだなぁ、だったら誰も嫌な思いをしない演出にできないだろうかと考えて、私は喜瀬川花魁でも杢兵衛大尽《だいじん》でもなく、二人の間を行ったり来たりしている喜助にスポットライトを当てるようにしました。彼を主役にすることによって、少し変わった気がします。

感想

29

鰻《うなぎ》のたいこ

成功は失敗のもと！で正しかったですか？

お酒の席などでお客さんを楽しませる、たいこ持ちという仕事があった。しかし、お座敷《ざしき》にも呼んでもらえないようなたいこ持ちも多くいて、そういう人たちは、道を歩いて知り合いでも来たら一食ご馳走《ちそう》になろうなんて考えていた。

そんな時、向こうからなんとなく見覚えのある男が歩いてくる。どこかで会ったことがありそうだな、なんて思っていると、すぐ近くまで来てしまった。仕方がないので、知り合いのように装って、なんとかお昼をご馳走してくれるように頼み込み、近くにある鰻屋へ連れていってもらった。タダでご馳走になるつもりのたいこ持ちは、見るもの、出されるものにみんなお世辞《せじ》を言って客をいい気持ちにさせようとする。

お酒も鰻もほめながら頂いていると、客が便所に行くと言って席を立った。なかなか戻ってこないので「こういう時こそ便所までお迎えに上がって機嫌《きげん》を取ろう」と便所に行ってみると、男がいない。女中さんに聞くと、男はもう帰ったという。ならばお代は払って帰ったんだろうねと尋《たず》ねると、「『あたしはお供《とも》だから、上の人からもらってくれ』と言われました」と言われた。

ここで初めて騙《だま》されたことに気がついたたいこ持ち。「悔《くや》しいね。仕方がないから払いますよ」と言って勘定書《かんじょうがき》を見ると、やけに高い。女中に聞くと、男はお土産《みやげ》まで持って帰ったと言う。

すっかりお金を使わされ、がっかりして帰ろうとすると、買ったばかりの自分の下駄《げた》が出ていない。「あたしの下駄は?」「あれはお供さんがはいていかれました」。

たい平のひとり言

たいこ持ちがまんまと騙されてしまう噺《はなし》ですから、同じ芸人としては他人事とは思えないんです。よくバッタリ会ったお客様から「俺のこと覚えてる?」なんて聞かれることあるんですよ。忘れたなんて言ったら芸人としては失格ですから「ええ、よく覚えてますよ」なんて言うと「そんなわけないよ、俺が笑点観てるだけだから」なんて、この噺みたいにお客様のが一枚上手だったりして。八代目橘家圓蔵《たちばなやえんぞう》師匠の演じるたいこ持ちには悲哀《ひあい》がありました。芸人の持つ悲しみが出ていました。

感想

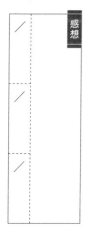

30

船徳《ふなとく》

人に迷惑かけない程度にやりたいことを

道楽者の若旦那、徳。遊びが過ぎてとうとう家を追い出され、柳橋の船宿の二階で居候《いそうろう》をすることになった。

船頭《せんどう》が働く姿を見ているうちに憧《あこが》れを抱くようになった徳は、自分も船頭になりたいなどと言い出した。親方はやめたほうがいいと言ったが、徳は言い出したら聞かないので、仕方なく船頭をやらせることになった。

それからしばらく経った、暑い盛りの四万六千日《しまんろくせんにち》の日。一日お参りすれば四万六千日分のご利益《りやく》があるというので、お参りの客が多くて船頭が出払っているところへ、二人連れの客がやってきた。船宿の女将《おかみ》が止めるのも聞かず、徳は二人を乗せて、観音様へ上がる大浅橋までという約束で船を出した。

ところが、にわか船頭のやることなので、同じところを三度回ったり、船がやたらと揺れたりと大変な騒《さわ》ぎを演じ、挙句《あげく》に船が石垣《いしがき》に張りついて動かなくなってしまった。「コウモリ傘《がさ》を持ってる旦那、ボーッとしてないで、傘で石垣を突いてください」「なんであたしがそんなことをしなくちゃいけないんだ」「いいから突きなさい！」。突いたら船は離せたが、傘は石垣に挟まって置いてけぼりに。でも、もう戻れない。なんとか客は落とさず済んだが、最後は浅瀬に乗り上げてしまった。客は一人がもう片方を背負い、水の中を歩いて土手に上がったが、船に残された徳は「あのー、お客様！お願いがあるんですが、お上がりになりましたら、船頭を一人雇ってください」。

たい平のひとり言

若旦那の夢を叶《かな》えてしまったために犠牲者《ぎせいしゃ》が出てしまう。〝竿は三年、櫓《ろ》は三月〟というくらい、小さな船でも操るのは難しいのに。命がかかっている落語ってあまりないと思うのですが、小さな船に乗った三人の運命を握《にぎ》るのが船頭初心者マークの若旦那なんですから。この日の浅草寺《せんそうじ》は四万六千日という縁日で、今では「ほうずき市」とも呼ばれて、にぎわっています。ほうずきの鉢《はち》が入ったカゴの下に江戸風鈴《ふうりん》がついていて、とっても涼《すず》やかです。

感想

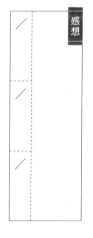

31

お化《ば》け長屋《ながや》

たまたま最初は成功しただけなんですよ

長屋に住んでいる杢兵衛《もくべえ》。物置に使いたいので、絶対に一部屋空室になるようにしようと企んだ。

そこで考えたのが怪談《かいだん》話。誰かが部屋を見に来たら、案内がてらに怖《こわ》い話を聞かせて追い払おうというのである。

最初に部屋を見に来た男は「この部屋には以前女が一人で住んでおりましたが、その女が殺されたのです。そいつが成仏できずこの部屋に……」という調子で怖がらせたら、悲鳴《ひめい》を上げて逃げていった。

次に来たのは強気な職人。杢兵衛は同じように怖い話を聞かせたが、職人はそんなの気にしないと強引に引っ越してきてしまった。

困った杢兵衛は職人が出かけている間に長屋の住人たちと作戦会議。怪談を再現して職人を追い出そうということになった。みんなで部屋に隠《かく》れて、仏壇《ぶつだん》の鐘《かね》を鳴らし、障子《しょうじ》を開け、冷たいもので顔をなでる。怪談が本当だとは思わなかった職人は、驚《おどろ》いて逃げていった。

この成功に味をしめた長屋連中は、次の手を考え、通りかかった按摩《あんま》の男を引き込んだ。合わせて五人、布団の中で手足を一つずつ出して、大入道《おおにゅうどう》が寝ているように見せようという魂胆《こんたん》だ。

そこへ入ってきたのは、さっきの職人と親方。まさか親方が来るとは思わなかった杢兵衛たちは、按摩を置いて逃げ出した。親方が「頼んだやつもなんじゃねえか、按摩屋を置きっぱなしにして、意気地のねえやつらじゃねえか。腰抜けめ。とんだ尻腰のねえ野郎だ」と言うと、按摩屋「へえ、腰のほうは、さっき逃げてしまいました」。

たい平のひとり言

子どもの頃には近所に廃屋があったりして、肝《きも》試しの場所になってました。子どもたちが騒《さわ》いでいるような廃屋はかわいいものだけど、大人たちがひそひそ話をしているような廃墟は、見るからに恐《おそ》ろしい雰囲気《ふんいき》を出しまくっていて怖かったのを覚えています。幽霊《ゆうれい》とかおばけの話は人によって怖がり方がまったく違いますよねぇ。この噺《はなし》に出てくる借り手の二人もめちゃくちゃ怖がりと、全く怖がらない人とのコントラストが噺のテンポを生み出していくんですよねぇ。

感想

／

／

／

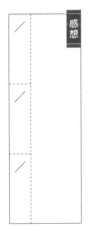

32

壺算《つぼざん》

分からなくなったら少し頭を冷やすことです

おかみさんに台所の水瓶《みずがめ》が割れたので新品を買ってきてほしいと頼まれ、買い物上手の兄貴分と瀬戸物屋へ出かけた。

ところが、兄貴分はおかみさんに言われた二荷《にか》入りではなく、一荷《いっか》入りの水瓶を買いたいと言い出した。違うと言っても「いいから黙ってろ」。兄貴分は、三円五十銭の一荷入りを三円に値切り、話がまとまった。

買った水瓶をかついで外に出ると、兄貴分が店の中に戻れと言う。そして、主人に「ごめんよ、欲しかったのは二荷入りだったんだ。交換してくれるかい」。「はい、結構ですよ」「いくらだい？」「二荷は一荷の倍ですから、七円……」「さっき一荷は三円にまけてくれたんだから、倍は六円だろ！」「はあ……」。

兄貴分は、こうすれば一円安く買えることを最初から計算していたのだ。仕方なく二荷入りを六円で売ることにした主人に、兄貴分がもう一つ注文をつけた。「ついては、さっき買った一荷入りの水瓶はいらないから引き取ってくれ。いくらで引き取る?」「三円で売ったものですから、三円で」「じゃあ、さっき払った三円と引き取った三円で、合わせて六円だから、このまま持っていくよ!」「はぁ? あっ、そうですね」と言ったものの、瀬戸物屋の主人はなんだか腑《ふ》に落ちない。二人を呼び戻してお金が足りないんじゃないかと言うが「この引き取った水瓶の三円を忘れてないか?」と言われ納得。それでもおかしい気がするので考え込んでしまった主人、「あのー、この一荷入りの水瓶があるとモヤモヤするので、持って帰ってもらえますか。ついでに、頂いた三円もお返しいたします」。

たい平のひとり言

大阪のおばちゃんは〝値切り上手〟なんて話をよく耳にします。東京では考えられない、デパートでも値切るみたいです。この噺《はなし》も上方《かみがた》落語でした。そう考えると大阪らしく聴こえてきますでしょ。また、この見込まれた買い物上手の兄貴分の手の込んだ買い物術にも頭が下がります。こういう知恵をもっと別のところに使ったほうがいいと思うんですが、落語国ではヒーローです。最初にこの噺を聴くと、えっ? なに? と、瀬戸物屋の主人と同じ混乱に陥るはずです。

感想

／

／

／

33

紙《かみ》入《い》れ

虎穴《こけつ》に入らずんば虎子《こじ》を得ず?なのかな

出入り先のおかみさんといい仲になってしまった新吉。おかみさんから手紙をもらうと「今夜は旦那が帰らない」とのこと。

不安混じりにおかみさんの家へ行った新吉だったが、おかみさんと二人で過ごすうちに緊張がほぐれていい雰囲気《ふんいき》に。するとさ表の戸がドンドンドン! 「おーい、帰ったぞ」と、旦那さんが帰ってきた。

裏口から逃がしてもらってなんとか助かった新吉。しかし、帰り道に、紙入れをおかみさんの家に置いてきたことに気づいた。中にはおかみさんからの手紙も入っている。もし旦那さんに知れたら……不安に耐《た》えられなくなった新吉は、翌日おかみさんの家に出かけて、様子を探ることにした。

「おはようございます」新吉が訪《たず》ねると、旦那さんが出てきた。「おう、新吉か。まぁ入れ」。えらく機嫌《きげん》がいい。旦那さんの態度でさらに大きくなった新吉の不安は、ついに顔に出てしまった。「新吉、えらく顔色が悪いな」「へえ、実は、人の女に手を出しまして」「向こうに知れたのか」「はい。向こうの家に紙入れを忘れました」「あぁ、前に俺が見てやったやつか……おい、新吉が紙入れ忘れて、浮気がばれたんだってよ！」

それを聞いたおかみさんが、平気な顔をして「安心しなよ。旦那の留守に男を引き込むような女だよ。その辺はぬかりないと思うよ」と言うと、旦那も笑いながら「あぁ、そうだともよ。女房《にょうぼう》を取られるような間抜けな男だ。紙入れを見たとしてもそこまでは気がつくめえ」。

たい平のひとり言

何かと世間を騒《さわ》がせる「不倫」を扱っているのですが、笑いが多い噺《はなし》でもあります。なので若い人もよく演《や》ってますが、私は難しい噺だと思っているんです。この女の人の描き方で、生々しくなりすぎてしまう。そうすると聴いている人が、身につまされてしまって笑えなくなってしまう。だからこそ、少し歳を重ねた師匠が演じられるほうが、サバサバ感じられて私は好きです。カップルでこういう噺に出くわすと、相手のリアクションが気になったりしますよね。

感想

第四章

お腹が空いちゃう

美味しそうな噺《はなし》で、
グルメの世界へご案内。
小腹が空いてる時には
おすすめしません（笑）

34

饅頭怖《まんじゅうこわ》い

あなたが一番怖いものってなんですか？

町内の若い者が集まって話しているうと、それぞれ怖いものを言っていこうということになった。

へびが怖い、アリが怖いと言い合うが、ただ一人松公だけは「俺には怖いものなんかない」と強がる。それでも、怖いものの一つくらいあるはずだ。そう思って松公を問い詰めると「実は、饅頭が怖いんだ」と白状した。面白がってみんなが饅頭を話題にすると、松公は「あぁ、饅頭のことを考えただけで気分が悪くなっちまった」と言って、隣《となり》の部屋で寝込んでしまった。

そこでみんなは、いつも偉そうなことばかり言ってる松公を懲《こ》らしめてやろうと、それぞれ饅頭を買ってくることにした。みんなが帰ってくると、松公の枕元にはいろいろな種類の饅頭が山のように集まった。

松公が起きると、枕元には饅頭の山。「饅頭だ！　やっぱり怖い！　そば饅頭に栗饅頭。あぁ怖い。もぐもぐ……」。饅頭を怖がったと思ったら、なんだか様子がおかしい。そこで松公が寝ている部屋をのぞいてみると、松公が怖い怖いと言いながら饅頭を美味しそうに食べている。しまいには、「いやぁ、本当に饅頭は怖い。美味しそうだから、これは持って帰ろう」と、着物のたもとに入れだす始末。「あっ！　騙《だま》された！」。気がついたみんなが部屋に入って松公に「怖い怖いって、大好きなんじゃねえか。お前が本当に怖いのは何なんだ?」と聞くと、満足するほど饅頭を食べた松公は「あとは渋《しぶ》いお茶が一杯怖い」。

たい平のひとり言

仲間が集まって他愛もない話をしているのは今も昔も変わりません。誰でも一つくらいは苦手なものがあるのではないでしょうか。ちなみに私は服についているボタンが怖い。取れたボタンが目の前にあるだけで、気持ち悪くなってしまうんです。

簡単そうに見えるこういう噺《はなし》を真打《しんうち》の師匠が演《や》ったりするとめちゃくちゃ楽しいんです。七代目立川談志師匠もこの噺をお演りになってました。「こんな面白かったのかぁ、俺も演ってみたい！」なんて思わせてくれるんです。

感想

／

／

／

35

目黒《めぐろ》のさんま

家庭の味にこそ本当のぜいたくがあります

ある秋の日、お殿様が目黒不動にお参りを兼ねて鷹《たか》狩りに行かれた。

昼も食べずに狩りを楽しんだから、お腹が空いてしまったお殿様。すると近所の農家から美味しそうな匂《にお》いがプゥ～ンと漂ってくる。

「これはなんの匂いじゃ?」「これは庶《しょ》民《みん》が食べているさんまという魚にございます」「美味そうな匂いじゃ。苦しゅうない、求めてまいれ!」。

お殿様は一口食べて驚《おどろ》いた。脂《あぶら》がのっていて実に美味い。家来には「さんまを食べたことは秘密になさってください」と言われたが、あまりに美味しかったので、さんまのことが頭から離れなくなってしまった。

そんなある日のこと、お殿様は親戚《しんせき》の家にお呼ばれになり「何かお召し上がりになりたいものはございますか?」と聞かれたので、思わず「さんまが食べたい!」と言ってしまった。親戚の者は驚いたが、ならばということで日本橋魚《うお》河岸《がし》から上等なさんまを仕入れてきた。

だが、こんな脂も骨も多い魚をお殿様に食べさせられないと、蒸して脂を抜き、小骨も全部取ってしまった。すると、もうぐずぐず。お殿様の前に出る時には、つくねのようになっていた。

　お殿様は、黒くて細長いあの魚が出てくると思っていたのでガッカリ。その上、あの時食べたような美味しいものではない。

「このさんま、いずれから求めてまいった？」「はい、日本橋魚河岸にございます」「あっ！　それはいかん。さんまは目黒に限る」。

たい平のひとり言

「本当は庶民のほうが、美味いものを食っているんだよ、いいだろう」というのがこの噺《はなし》のキモではないでしょうか。さんま同様、脂ののった鰯《いわし》なんか、鰻《うなぎ》よりも美味いと思う時がありますもんね。ガード下のホルモン焼き屋さんで、焼酎《しょうちゅう》飲んでバカ話をしてる時なんか、最高に幸せで、どこに行くのにもSPがくっついてきて、プライベートなんてない暮らしは窮《きゅう》屈《くつ》でしかない。フォアグラ、キャビアなんかより、炊き立てのおまんまに納豆なんて最高じゃありませんか。

感想

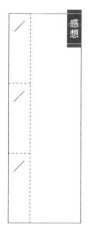

馬《うま》のす

美味しく食べるのを見ると幸せを感じます

ある日、釣りが趣味の男が、釣りに出かけようと思って道具箱を出し、道具を一つずつ点検し始めた。「うきはこれでよし、おもりはこれで大丈夫。えーと、テグスは……」。道具箱の中にあったテグスを引っ張ってみると、どれも切れてしまって、使える糸がない。これでは釣りに行けないとがっかりしているところに、知らない男が馬を引いてやってきて「しばらく表に馬をつながせてくれ」と言い、そのまま馬をつないで置いていった。

家の前に馬をつながれていい迷惑だと思っていたが、馬が長い尻尾《しっぽ》を振っているのを見てふと思いついた。「そうだ、あの馬の尻尾を何本か引っこ抜いて、テグスの代わりにしよう」。男はそっと馬に近づいた。作戦は成功、尻尾をうまく抜いて、これで釣りに行けると思っていると、友達が慌《あわ》てた様子でやってきた。

「おい、お前、馬の尻尾の毛を抜いただろう。大変なことをやっちまったなぁ。知らないっていうのは恐《おそ》ろしいもんだ。あぁ恐ろしい」「おい、なんだよ、いきなりそんなこと言って。馬の尻尾の毛を抜くと何か祟《たた》りでもあるのかよ。あるなら教えてくれよ！」「聞きてえか？　でもタダでは教えてやらねえ。酒をおごってくれたら教えてやる」。そう言って家に上がり込み、枝豆をつまみに酒を飲み始めた。ところが、飲んでも飲んでもなかなか教えてくれない。

酒を全部飲み枝豆を食べ終わると、友達はようやく「ごちそうさま。それじゃあ教えてやろう。馬の尻尾の毛を抜くとな」「抜くとどうなるんだ？」「馬が痛がるんだよ」。

たい平のひとり言

八代目桂文楽《ぶんらく》師匠の十八番でした。名人と言われる人がいる間は楽屋の暗黙《あんもく》の了解で、他の人は演《や》りません。文楽師匠の存命中は誰も演りませんでした。他にも『明烏《あけがらす》』など何席かは、そういう噺《はなし》になっていました。文楽師匠は、本当に美味しそうに枝豆を食べ、酒を飲み、焦《じ》らしに焦らすという、その仕草、間が絶妙でした。この噺を初めて聴いた時は、本当に馬の尻尾を抜いてしまうとどうなってしまうんだろうと、主人公と同じように騙《だま》されてしまいました。

感想

／

／

／

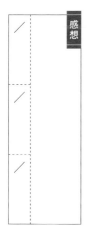

37

そば清《せい》

腹五分目が健康のためには一番だと思います

そばが大好きな旅商人の清兵衛《せいべえ》。好きなだけではなく、量も食べられて、大食い競争でも負けたことがない。

その清兵衛が、信州に仕事に出かけた帰り道に木陰《こかげ》で休んでいた時のこと。別の木の下で、狩人が居眠りをしているのを見つけた。木の上からは、ウワバミが狩人を狙っている。ガサッと音がしたかと思うと、あっという間に狩人が丸飲みにされてしまった。

大きな蛇《へび》とはいえ、人を丸飲みして流石に苦しそうなウワバミは、近くに生《は》えていた草をなめ始めた。すると、膨れ上がったウワバミのお腹がどんどん小さくなっていく。しばらくすると、ウワバミはまた動き出して、どこかへ行ってしまった。それを見た清兵衛は「食べ物を消化させる草なんだ！」と思い、この草をつんで持って帰ることにした。

江戸へ帰った清兵衛は、今日も大食いの挑戦を受ける。七十杯のそばを食べたら、そば代を払ってもらえて、その上賞金が三両もらえることになった。

はじめのうちは吸い込むようにそばを食べ続けた清兵衛だったが、五十杯まで食べたところで箸《はし》が止まってしまった。「少し休ませてくれ」。そう言って、障子《しょうじ》の外へ出ていった清兵衛は、そこで信州でつんできた例の草を取り出し、これをなめてそばを消化しようとした。

清兵衛が急に静かになったので、逃げ出したのかと思った店の者が障子を開けると、そばが羽織《はおり》を着て座っていた。

この草は食べ物を消化するのではなく、人間を溶かす草だったのだ。だから清兵衛が消えてなくなり、清兵衛が食べたそばが人の形になって座っていた。

たい平のひとり言

落語とそばは、切っても切り離せないくらい関係が深いものだと思われがちですが、実はそれほどそばが登場する噺《はなし》は多くない気がします。『時《とき》そば』の印象があまりにも強いのでそう思われているのかもしれません。

この噺は、あまり頻繁《ひんぱん》に演《や》られる噺ではありませんが、一席《いっせき》の中で食べるそばの量は群を抜いています。今で言う〝そばのフードファイター〟の話ですからね。いつの時代も、たくさん食べる人への関心って、すごく高いものだったんですねぇ。

感想

／

／

／

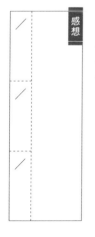

38

うどん屋《や》

小さい声でしゃべるのにはわけがある

　寒くなってくると温かいものが食べたくなるのが人情。「な〜べや〜きうど〜ん!!」と夜、売り歩いていると酔っ払いに絡まれた。「お前、仕立《した》て屋の太兵衛を知ってるか？」と何度も同じ話を聞かされた挙句《あげく》、水だけ飲まれて、うどんは食べずに行かれてしまった。

　うどん屋が、「あーあ、今夜はついてないなぁ」と思って歩いていると、今度は長屋の奥さんが「あの、ちょっと、うどん屋さん」と呼び止める。「へい、なんですか？」と聞くと「今、赤ん坊が寝たとこなので静かにしてくれませんか」。

　今夜はつくづくついてないなぁと思っていたところ、大きなお店の戸がそっと開いて「うどん屋さん」と小さい声で呼ばれた。「しめしめ、やっと運が回ってきたぞ。あれだけ大きなお店なら、たくさんの人が働いているはずだ。夜、お腹が空いたからうどんでも食べようってんだな。最初の一人が味見をして、美味しかったら、何十杯も売れるぞ。よし、一生懸命作ろう！」。

お店の旦那様に内緒で食べるから小さい声で「うどん屋ー」と呼んだんだと思い、うどん屋も小さい声で「おまちどうさま」。受け取って美味しそうに食べているのをニコニコ見守るうどん屋。「ごちそうさまでした。はいお勘定《かんじょう》」。あれ、おかしいなぁ、次々出てきて食べに来るんじゃやなかったのか？　と考えたうどん屋。まだ望みを捨てず、小さい声で「へーいどうもありがとうございます」。これを聞いてうどんを食べた男が「お前さんも風邪を引いたのかい？」。

たい平のひとり言

世の中楽な商売はない、ことに夜の商売は難しいということを散々聞かされたあとのことだから、鍋焼きうどん屋さん、うまくいくといいなあと思ってしまうけど、そうは問屋が卸さないのが落語。私の中では五代目柳家小《こ》さん師匠が頭から離れません。お店から小声で呼ばれた時のうどん屋さんの嬉しそうな顔。熱々の鍋焼きをフウフウしながら美味そうに食べる客の顔。そして最後に「うどん屋さん」と呼ばれた時の満面の笑顔。すごい芸に私は間に合うことができました。

感想

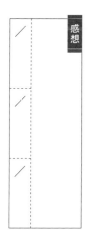

39

ちりとてちん

いい人にならなくてもいい、嫌われないこと

　ある旦那の家に、近所の男が訪《たず》ねてきた。何を食べさせても美味い、美味いと言いながら食べてくれる男で、旦那もご馳走《ちそう》のしがいがある。今日も、鰻《うなぎ》や刺身を肴《さかな》にお酒をご馳走した。

　旦那は豆腐があったことも思い出して、それもご馳走しようと考えた。ところが、暑い夏のこと。戸棚の中に入れっぱなしになっていた豆腐には、カビがビッシリと生《は》えていた。「こりゃダメだな……あ、そうだ！」。何かを思いついた旦那は、カビだらけの豆腐に一味唐辛子《いちみとうがらし》をどっさりかけて混ぜ始めた。

　一味と混ぜたカビ豆腐をビンに詰めると、旦那は近所の六さんを呼ばせた。食べるもの食べるものいちいちケチをつけずにはいられない男で、そのくせきっちり食べて帰るので、いつか懲《こ》らしめてやろうと思っていたのだ。今日も鰻、刺身、お酒と相変わらず文句ばかり。そこで、旦那は「この間、友達から台湾土産《たいわんみやげ》の『ちりとてちん』という食べ物をもらったんだけど、食べ方が分からなくて。知ってたら教えてくれないか?」と六さんに持ちかけた。

聞かれた六さんは、案《あん》の定《じょう》の知ったかぶり。ありもしない「ちりとてちん」の講釈《こうしゃく》を並べ立てたあと、ビンのふたを開けて顔を近づけた。すると、目にも鼻にもすごい刺激。それでも旦那にすすめられ、さじに取って口の中へ。もがき苦しむ六さんに、旦那が「食べ方が難しいんだねぇ。そうやってもがきながら食べるのかい。で、いったいどんな味なんだい?」

「はい、ちょうど豆腐の腐《くさ》った味です」。

たい平のひとり言

この時とばかりに日頃の仕返しをする。手の込んだイタズラだけど、観ている側もあまり嫌な気はしない。それはしっかりと嫌味な人物を描いているからだと思うんです。みんなで懲らしめてやりなさい! みたいになるからですね。人とのつきあい方、言動、気をつけてないと明日は我が身で、見たこともないような物を食べさせられるかもしれません。そうなる前に、落語の登場人物を反面教師にしておくといいでしょう。東京では似た噺《はなし》に『酢豆腐《すどうふ》』というネタがあります。

感想

／

／

／

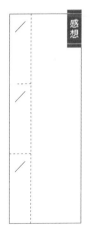

40

時《とき》そば

シャレにならない悪いやつが多い時代です

天秤棒《てんびんぼう》をかついで、二八そば屋が「そーばぅ〜」と歩いている。

そこにやってきた男、「寒いね」から始まって、いちいちよくしゃべる。「何ができる？　花巻にしっぽく？　それじゃあ、しっぽくを熱くして頼む」。そばができる間も店の名前をほめ、そばが出れば割り箸《ばし》を使ってるのがいい、どんぶりがいい、出汁《だし》が、そばが、ちくわが……

といった調子で、食べ終わるまでお世辞《せじ》を言い続けた。

「実は脇でまずいそばを食っちまって、お前のところが口直しなんだ。今日のところは一杯で勘弁《かんべん》してくれ。いくらだい？」「十六文で」「銭は細けえよ。手を出してくんねえ。いくよ、ひぃふぅみぃよぉいつむぅななやぁ、今何刻《なんどき》だい？」「ええ、九ツで」「とぉじゅういちじゅうに……」と払って行ってしまった。

それを見ていた、ボーッとした男。「あの野郎、よくしゃべってたなぁ。しかし、変なところで刻を聞きやがったなぁ。ななやぁ、今何刻だい？　九ツです。とぉ……あっ！　あいつ、一文ごまかしやがった。面白《おもしれ》え、俺もやってみよう」。

男はこれを楽しみに、昨夜より早くに家を出てそば屋を呼び止めた。ところが、これがひどいそば屋で、店の名前から出されたそばまでほめるところが何もない。やっとのことで食べ終わり、気を取り直して、ついにこの時がやってきた！　とばかりに「そば屋さん、銭は細かいよ。手を出してくんねえ。いくよ、ひぃふぅみぃよぉいつむぅななやぁ、そば屋さん、今何刻だい？」「ええ、四ツで」「いつむぅななやぁ……」。

たい平のひとり言

落語に詳しくない人でも知っているようなポピュラーな噺《はなし》です。おそばを食べる仕草の名手、五代目柳家小《こ》さん師匠は、この噺をするとお客様が寄席《よせ》の帰りにそば屋に寄ってしまう、というくらい食べるところを美味しそうに演じられました。ある日、小さん師匠がそば屋でそばを食べている時に、周りのお客さんが、何もなくてもあんなに美味しそうに食べるんだから、本物はどう食べるんだろうと。小さん師匠、視線が気になりすぎて食べた気がしなかったそうです。

感想

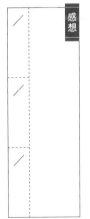

第五章

度が過ぎるから大騒ぎ

何事も「ほどほど」が一番ですが、
ほどほどじゃないからこそ、
面白いことが起きるんです。

41

強情灸《ごうじょうきゅう》

やせ我慢《がまん》も過ぎると我慢できなくなりますよ

男のところにやってきて、最近はやりの峯《みね》の灸をすえてきたと自慢《じまん》する友達。お灸をすえるのに行列ができていて、もらった番号札は「への三十六番」。どの辺ですかと聞くと「ずっとお尻のほう」。並んだはいいが怖《こわ》くなって尻込みをしていた女性が順番を譲《ゆず》ってくれて、早くお灸をすえられた。

店の人から「ここのお灸はすごく熱いですよ」と言われたことが頭にきて「そんな米粒みたいな小さい灸、面倒《めんどう》くせえから、いっぺんに全部やってくれ」と、見栄をはってしまった。

友達のほうはまさか本当につけるわけがないと思っていたが、店の人は言われた通り本当に全部一度にやってしまった。一気にお灸をすえられた友達はカチカチ山の狸《たぬき》みたいになったが、なんとか熱いのを我慢。すると周りの人たちは「さすが、男の中の男！」「これぞ江戸っ子！」。順番を譲ってくれた女の人には「こういう人と結婚したいわ」なんて言われたと自慢された。

男は、友達の話を聞いてだんだん腹が立ってきた。「聞いてれば、さっきからくだらねえ。俺が本当の灸を見せてやる」と言って、腕にもぐさを山盛りにしてお灸をすえ始めた。最初のうちはよかったが、火が回ってきたら熱くてたまらない。それでも強情な男は「石川五右衛門なんか、釜《かま》ゆでになっても笑ったんだ」「石、石川の五右……」。

我慢できずにお灸を払い落としたら、友達に「熱かったろう?」と聞かれた。「いやー、俺は熱くねえが、五右衛門はさぞ熱かっただろう」。

たい平のひとり言

人の自慢話には乗らないほうがいいですね。対抗心を燃やすものではないことを、この噺《はなし》は教えてくれます。どれくらい熱いのか、実際に大きなおにぎりくらいの灸をすえた先輩師匠がいたという話を聞きました。今の人はあまりお灸をすえることってないですもんね。すえても熱くないタイプのものだったりして。昔は生活の中に〝灸〟というものが日常的にあって、きつく注意したりすることを〝灸をすえる〟なんて言うくらい。落語にも〝灸〟はよく登場します。

感想

42

たいこ腹《ばら》

おつきあいする人を選びましょう

次から次へと、いろんな趣味を見つけてはすぐ飽きてしまう道楽者の若旦那。今度は鍼《はり》に凝《こ》り始め、お金はあるから道具も参考書も高いのをそろえて練習した。

そのうち、生きてるやつに鍼を打ちたいと思うようになって、試しに猫をつかまえて鍼を打ってみたけど、仕返しに引っ掻《か》かれてしまった。

今度は仕返ししないやつにやりたいと思った若旦那、いい相手がいることに気づいた。たいこ持ちの一八だ。「若旦那のためなら命も惜《お》しくない」なんて言ってたから、いい練習台になるだろう。そう思った若旦那は、お茶屋に上がって一八を呼んだ。

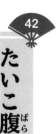

若旦那が「最近、鍼に凝ってんだよ」と切り出すと、なんとなく想像のついた一八は流石に怖気《おじけ》づいた。「鍼を打つのはご勘弁《かんべん》を！」なんて言うけれど、一本ごとに祝儀《しゅうぎ》を出すと言われたら、乗らないとたいこ持ちの名が廃《すた》る。

覚悟を決めた一八が寝転がると、若旦那が鍼を打ち始めた。面白いぐらいスッと刺さるが、一八は「イテェ」「やめてくれぇ！」。あんまり動くから、中で鍼が折れてしまった。「お前が動くから、鍼が折れちゃったじゃないか。鍼を出すのに、迎え鍼を打たなきゃ」「痛いっ！」。また折れた。よし、もう一本……そんなことをやってると、一八の腹はもう血まみれ。若旦那は怖《こわ》くなって逃げ出してしまった。

入れ違いで様子を見に来た女将《おかみ》が、一八を見てびっくり。「血だらけ！　でもこの辺りじゃ知られたたいこ持ち、いくらかにはなったんだろ」の問いに「いいえ、皮が破れて鳴りませんでした」。

たい平のひとり言

若旦那が出てくる噺《はなし》のなかで、この若旦那は性格が破綻《はたん》していますよね。普通は世間知らずで、臆病《おくびょう》で、優しい若旦那が多いんですが。まぁ、たいこ持ちを連れてお座敷《ざしき》遊びをするような若旦那ですからねぇ。たいこ持ちの一八が「若旦那のためなら、たとえ火の中、水の中……」なんて言っていますが、本当は「金のためなら……」なんでしょうね。それにしても、聴くたびに「お腹はどんなことになってしまったんだろう」と、落語なのに心配してしまうんです。

感想

／

／

／

43

皿屋敷《さらやしき》

〝スリル〟って生きていく上での大切な栄養

「番長皿屋敷」という有名な怪談《かいだん》。お菊がお皿を数えているところ、九枚まで数えるのを聞くと狂い死にし、八枚までで も高熱が出るらしい。

その幽霊《ゆうれい》が今も出るという噂《うわさ》を聞いた男たちは早速見物に行くことにした。最後まで聞いてしまうと大変なことになるので、六枚で逃げ出そうという考えだ。

「一枚、二枚……」「なんでえ、案外いい女じゃねえか」「六枚……」「いけねえ、逃げろ!」ということで、美人のお菊に見とれかけたが、寸手のところで逃げ出した。

怖《こわ》い思いをしたけれど、お菊の美人っぷりが忘れられない男たち。それから毎晩お菊を見に行った。

連日男たちが連れ立って見に行っていると、噂が噂を呼んで、お菊のお皿数えはどんどん有名になって見物人がいっぱい。すると、商売上手な人もいたもので、夜店を出して椅子も並べて、お菊を見世物にしてしまった。

お菊が現れると、お客さんが拍手喝《かっ》

采《さい》。一礼したお菊が「一枚、二枚……」とお皿を数え出す。「五枚、六枚」と進むとお客さんが逃げ出すが、人が多くてなかなか逃げられない。その間もお菊はお皿を数えていく。「八枚、九枚」。何も起こらないどころか、お皿をそのまま数え続けていく。「十枚、十一枚……」。お菊はお皿を数え続け、とうとう「十八枚」と数えて、おしまいになった。

不思議に思ったお客さんが「どうして十八まで数えたんだ?」と聞くと、お菊「うるさいねぇ、毎日お皿を数えて疲れてるんだ。二回分やったから、明日、お休みするんだよ」。

たい平のひとり言

『番町皿屋敷』は岡本綺堂《きどう》作で歌舞伎にもなりましたが、落語のほうは一つも怖いところがなく、終始ワイワイガヤガヤ。新しいもの好き、祭り好きの江戸っ子の雰囲気《ふんいき》がよく表れています。人が集まると分かると、金儲《もう》けまで考えつく商魂のたくましさにも笑ってしまいます。そんな噺《はなし》の最後の最後、恐怖《きょうふ》が襲《おそ》います。パニックが起きている中での予想しなかった枚数のコール。「明日、お休みするんだよ」というオチは昔からずっと変わってないみたいです。

感想

／

／

／

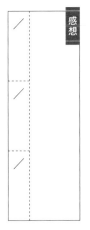

44

粗忽長屋《そこつながや》

自分のことは
自分でしっかりしましょうよ

そそっかしい人ばかりが住んでいる長屋。一人はまめでそそっかしく、もう一人はボーッとしていてそそっかしい。

ある日、まめでそそっかしい男が浅草の観音様へお参りに行った。雷門を抜けると、人だかりができている。なんでも、行き倒れの男の身元が分からないので、大勢の人に見てもらって知り合いを探そうということらしい。

「あなたも見なさい」と言われて見てみると、倒れていたのはなんと、同じ長屋に住んでいるボーッとしていてそそっかしい熊の野郎だった。「今朝会ったばっかりだったのに」と言うと「だったら人違いです。ゆうべからここに倒れてるんだから」「それじゃあここに本人を連れてきましょう」と言って、止めるのも聞かずに長屋へ〝本人〟を呼びに帰ってしまった。熊のところに行くと、本人を前に「お前、のんきにしてる場合じゃねえ。いいか、これから俺が言うことにびっくりするんじゃないぞ。お前はゆうべ、浅草で死んでるんだよ!!」「えっ？　そんな。だって俺、ここにいるじゃないか」「だからお前はそそっかしいっていうんだ。そそっかしいから、死んだのを忘れて帰ってきちゃったんだよ」。押しの強い熊が雷門へ行って死体を見ると、「わぁ、これは俺だ」。そんなバカな！　とか、違いますから落ち着いて、とか言われても、もう止まらない。「オイ、家に持っていくから持ち上げろ」と言われて、熊が自分ではない死骸《しがい》を抱くと「兄貴、なんだか分からなくなっちゃった。抱いてるのは俺だが、抱かれているのはいったいどこの誰なんだろう」。

たい平のひとり言

そそっかしい人たちは、同じような人がいると落ち着くのかもしれませんね。私が学生の時衝撃《しょうげき》を受けたのが、五代目柳家小《こ》さん師匠のものでした。あまりにも、そんなバカな！ですけど、それを最後まで聴かせてしまうのは、小さん師匠の芸の年輪のなせる業なんだなぁとオチの場面で思わせてくれました。私はまだまだ足元にも及ばないので自分で腑《ふ》に落ちるよう、その先の物語を創作して演《や》っています。七代目立川談志師匠は粗忽ではなく『主観長屋《しゅかんながや》』と変えて演じていました。

感想

45

宿屋《やどや》の富《とみ》

一発逆転ホームラン、だから人生は楽しい

江戸は馬喰町《ばくろちょう》の小さな宿屋にやってきた一人の客。聞けば、五百人もの奉公人《ほうこうにん》がいる家で、いつも気を使われて鬱陶《うっとう》しいから、汚い格好で出かけて、特に世話もせず放っておいてくれる宿屋に泊まっているのだと言う。大名たちに二万両、三万両と金を貸してはいるものの、返ってくる時に利息がつくから金が増える一方で困っているとか、千両箱が多すぎて蔵の中に入りきらなくなっているのに、この間七、八人で来た泥棒は人数の割に八十箱しか盗んでくれなかったので期待はずれだった、などと、大きなことを言っているが、全て嘘。

ところが、宿の主人はこの客がとんでもない大金持ちだと信じ込んでしまい、うちでやっている富《とみ》くじの売れ残りを一枚買ってほしいと頼み込んだ。今さらただの貧乏人だと言えなくなった客は、全財産の一分《いちぶ》を使って富くじを買う羽目になった上、もし千両当たったら半分あげるとまで約束してしまった。

次の日、客の男は富くじの抽選《ちゅうせん》をして

いる湯島天神《ゆしまてんじん》へ行った。見てみると、買ったくじが千両の大当たり。驚《おどろ》いた男は、震えながら宿屋に帰り、具合が悪いと言って布団をかぶって寝てしまった。

一方、宿屋の主人も湯島天神へ。すると、買わせたくじは千両の大当たり。半分もらえる約束だから、自分は五百両の儲《もう》けだ。急いで帰って「お客様！　千両当たってます！」「嫌だ貧乏人は。千両当たったくらいで下駄《げた》はいて上がってきやがって！」「お客様、まずはお祝いしますので起きてください」と宿屋の主人が布団をめくると、客はぞうりをはいていた。

たい平のひとり言

なけなしの金までもなくなって、さぞ寂しかったでしょうねぇ。それにしても、ここまで大ボラを信じる宿屋の主人も主人。私も宝くじが大好きでよく買いますが、最も高額な当選金で三千円。六億円当たったらどんなことになってしまうんだろうと想像はしてみますが、所詮《しょせん》当たるわけがない！　でおしまい。

貼り出された番号と読み合わせる時の目線、声の大小、一度ハズレたと思ったあと、もう一度視線を戻す演出、難しいですけど、ここを演《や》りたくて演っているんです。

感想

46 かつぎや

縁起《えんぎ》かつぎ、みなさん何かしていますか

縁起をかつぐことを気にしすぎる呉服屋の主人、五兵衛。年が明けたその日から、店の者に「仏頂面《ぶっちょうづら》をするな！　縁起が悪い！」とか「二日の掃《は》き初《ぞ》めが済まないうちにほうきに触るな！　ゲンが悪い！」とか、うるさく言っている。

みんなで雑煮を食べていると、番頭の餅《もち》から釘が出てきた。番頭が「餅の中から金が出てきました。この家はますます金持ちになります」と言ってご機嫌《きげん》を取ったので、五兵衛は大喜び。ところが、いつも小言を言われている飯炊きの権助が「金の中から餅が出れば金持ちだが、餅の中から金が出てきたんだから、この身上《しんしょう》持ちかねる、だ」と言ったので、五兵衛は途端《とたん》に不機嫌になってしまった。

正月二日の夕方、宝船売りがやってきた。ここは正月の縁起物で機嫌を直してもらおうと思ったのだが、一枚四文《しもん》、百枚四百文《しひゃくもん》と値段が「シ」ばかりだったので、五兵衛は余計に不機嫌になってしまった。

そこへ、別の宝船売りがやってきた。一枚四文《しもん》というところを「よもんでござ

います」と。「よもんとは嬉しいねぇ、それじゃあたくさん頂こう。どれくらいある？」「えー旦那様のお年の数ほど」「どれくらいだ」「八百枚ほど」「八とは縁起がいい、みんな買うよ」。さらに名前は鶴《つる》吉《きち》、家は長者町と、縁起のいい言葉を並べるので、五兵衛はすっかり機嫌をよくして、祝儀《しゅうぎ》を弾《はず》んでやった。

「ありがとうございます。ご当家は七福神でございますなぁ。旦那様が大黒様で、お嬢《じょう》様は美しいので弁天様。ですから七福神」「おい、それじゃあまだ二福じゃないか」「いいえ、ご当家のご商売が呉服、五福でございますから」。

たい平のひとり言

正月にしか聴けない一席《いっせき》かもしれません。私たちも楽屋にいて、この噺《はなし》を聴くと「あぁ正月が来たんだなぁ」と、しみじみと思います。

今は正月の風情というものがどんどん街から消えてしまってます。今こそ、宝船売りなんて商売があったら平和なことかと思います。災いを喜ぶ人なんて誰も居ないですからねぇ、できれば幸せに暮らしたい。だからこそ縁起をかついでしまう気持ちも分かります。宝船屋さん、最後の最後まで抜かりがないです。落語家以上(笑)

感想

／

／

／

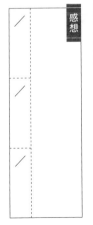

47

くも駕籠《かご》

人にやられて嫌なこと、やってませんか

雲のようにいつも居場所を変えるからとか、クモの巣のように網を張って客をつかまえるからとかいう理由で「雲助《くもすけ》」と呼ばれた、カゴかきという仕事があった時代。

客がなかなか見つからないので茶店の前にいた男を無理やりカゴに乗せた。「どこまで行きますか」と聞くと「店の前を掃除していただけだ。ほうきとちりとりだって持ってんだから、見れば分かるだろう」と怒られた。次に乗せたのは酔っ払い。同じ話を何度も繰り返すので、すっかり疲れてしまった。そこへ、金持ちそうな人が現れた。お代は弾《はず》むから乗せてほしいと言われて大喜び。その隙《すき》に、もう一人別の男が先にカゴの中へ。あとからカゴを止めた男が乗り込んだ。

カゴかきがカゴをかつぐと、一人にしてはやけに重いし、中からは話し声も聞こえてくる。何かおかしいと思って中をのぞいてみると、なんと客が二人も乗っている。話しながら帰りたいからと頼まれたので仕方なく引き受けて、またかつ

ぎ出した。

中の二人が、今度は相撲《すもう》の話で盛り上がり、カゴの中で相撲をとり始めたので、カゴの底が抜けてしまった。カゴかきが「もう降りてくれ」と言うと「いや、修理代も出すから、このまま行ってくれ。俺たちは中で歩くから」と言うので、再び出発。これを見ていた子どもが「お父っつぁん、カゴは何本足がある?」「おかしなことを聞くな、前と後ろ、二人でかついでいるから、四本だ」「でも、あの前を通るカゴは、足が八本もある。いったいあれはなんていうカゴ?」「あれが本当のくもカゴだ」。

たい平のひとり言

〝雲助〟という言葉がありまして、調べてみますと、一定の住所がなくて雲や水のように定めがない、また立場《たてば》にいて往来の人にカゴをすすめるところが、巣を張って虫をつかまえるクモに似ているから、と辞書には載っています。ですからそれほど悪いカゴ屋のことを言った言葉ではないようです。それよりも、どんな客が乗るか分からない大変な仕事だなぁと、この噺《はなし》を聴くと思います。今だってタクシーの運転手さん、酔っ払いやカップル等、本当にご苦労様です。

感想

／

／

／

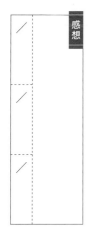

48

半分《はんぶん》あか

何事にも"ほど"というものがあります

大坂と江戸で、相撲《すもう》を別々にやってい た時代のお話。ある関取が、大坂巡業《じゅんぎょう》から江戸に帰ってきた。疲れた関取が奥の部屋で寝ていると、近所の人たちが関取に会いにやってきた。

近所の人が「随分《ずいぶん》と大きくなって帰ってきたんでしょうねぇ」とたずねると、関取のおかみさんは自慢《じまん》げに「ええ、見違えるほど大きくなりましたのよ。ただいま、という声がお寺の鐘《かね》のように響《ひび》いて、体があんまり大きいので戸を外さないと家に入れませんでした。帰りの道中では、牛を三匹踏み潰してしまったそうです」。

そんな自慢話を奥で聞いていた関取。近所の人が帰ったあとで「自慢話をするんじゃない！　そうだ、帰り道、茶店に寄った時の話をしよう。そこからは富士の山がきれいに見えた。茶店の人に『大きいですねぇ。毎日見られていいですねぇ』と言うと、『毎日見ていると、それほど大きく見えません。それに、大きくても半分は雪でございますから』と言われたんだ。それを聞いたら、富士は今まで以上に大きく見えた。分かるか？　人間は謙虚《けんきょ》でなければいけない」と説教をした。

近所の人が大きくなった関取を見に来ると、今度はおかみさん「小さくなって帰ってきました」と話を始めた。これを聞いていた関取が奥から出てくると、おかみさんの話より全然大きい。「こんなに大きいじゃないですか」と近所の人が言うと「毎日見ておりますと、あんまり大きく見えませんの」「そんなこと言ったって、こんなに大きいじゃないですか」「いいえ、半分はアカでございます」。

たい平のひとり言

修業して帰ってきた亭主を自慢したくなる妻の気持ちも分かりますけど、度が過ぎると、当人としては居づらくなるものです。ちょっと違う話かもしれませんが、映画などで、先に観た友達から「すごくよかったよ、感動した。絶対観ないと後悔するから。涙が止まらなかったよ」なんて言われて観に行くと「なんだよ、それほどでもなかったなぁ」なんて評価が下がってしまったりしますよね。落語はさりげなく、そういうことはしないほうがいいんだなぁと教えてくれます。

感想

／

／

／

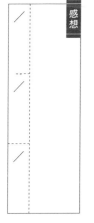

49

さんま火事《かじ》

なんでも溜めすぎるとろくなことにならない

ものすごくケチな地主、しわい屋のけち兵衛。ある日、長屋の住人たちが大家のところに来て、地主のケチがあまりにひどいので愚痴《ぐち》を聞いてほしいと言った。

ある時は、大きな白い石に絵を描かせてあげるからと子どもたちに言って家から炭を持ってこさせ、それを取り上げた。

この間は、番頭がやってきて「店の隣《となり》の空き地にお嬢《じょう》さんが高価なかんざしを落としてしまった。見つけてくれた者にはお礼を出す」と言ったのでみんなで探した。雑草が生《は》え放題で探しようがないから、まずはそこからということで、きれいに草むしりをしたのに、かんざしはなかった。結局、騙《だま》されてタダで草むしりをさせられたということがあった。

このままでは悔《くや》しいので、けち兵衛に何か仕返しができないかと相談すると、大家が「あそこは油屋だからねぇ……。そうだ。長屋十八軒、三本ずつさんまを買ってきて、空き地で一斉に焼こう。その煙をしわい屋に向かってあおいで、煙が店に入ったら『魚武《うおたけ》じゃあ間に合わない、河岸《かし》だー！　河岸だー！』と大声で怒鳴《どな》るんだ。すると、河岸を火事と聞き間違えて大騒《さわ》ぎになるだろう。それを見て笑うってぇのはどうだい？」。

話がまとまって、計画はすぐ実行に移された。さんま五十四匹分の、ものすごい量の煙が油屋に流れ込んだ。けち兵衛が何があったのだろうと思っているところに「河岸だー！」。慌《あわ》てているから「火事だー！」と聞き間違えたが、奉公人《ほうこうにん》の一人が外を見ると、さんまを焼いているのが見えた。そこでけち兵衛「みんなご飯をよそって、この煙をおかずにして食べな」。

たい平のひとり言

お金などを出し惜《お》しみするさまを〝しわい〟と言います。今の言葉で言うところのケチ、しみったれ。日頃から嫌な思いをさせられている地主に、長屋連中がついに決起することとなりましたが、しわい屋の地主のほうが一枚も二枚も上手でしたねぇ。完全に成功したかに見えた作戦も見破られて、逆に敵に塩を送ることになっちゃいました。さんまが美味しい季節限定のネタですが、七輪《しちりん》で煙を上げてさんまを焼くのを見なくなったので想像するのが難しくなりました。

感想

／

／

／

50

天狗《てんぐ》裁《さば》き

他人の見た夢の話って聞いて楽しいですか

長屋に住んでいる夫婦の熊とお光。ある日、熊が寝言を言っているので、夢の内容が気になったお光は「お前さん、起きとくれ！　今どんな夢を見てたんだい？」「えっ？　夢なんか見てないよ」「そんなことない。あたしに言えないような夢だったんだね！」と、思わぬことで夫婦ゲンカになってしまった。

すると、隣《となり》に住む辰《たつ》が仲裁《ちゅうさい》にやってきて「夢のことでケンカなんかするなよ。で、どんな夢なのか、兄貴分の俺になら話せるだろう」「だから見てねえんだって」「何をこんちくしょう！」。

これを聞いて、今度は大家が「バカなことでケンカなんかするんじゃない、分かったな。おい熊、ちょっと来なさい。大家と言えば親も同然だ。あたしになら夢のこと、話せるだろう？」「ですから、夢なんか見てねえんです。見てたら話しますよ」「なんだと、それじゃ長屋を出てってもらう」「そんな、無茶苦茶ですよ。ならばお奉行《ぶぎょう》様に裁いてもらいましょうよ」となって、ついに話は奉行所のお白《しら》州《す》に持ち込まれた。

奉行所では「夢の話ごときで家を空けるには及ばん！　裁きはこれまで。熊だけはこれへ。奉行にならみんなが聞きたがった夢の話ができるであろう」「ですから、見てねえんですよ」「なに、奉行に逆らうのか。松の木に吊るしておけ！」と、今度は松に吊るされることになった。

そこに、天狗が現れた。「人間じゃない儂《わし》にならば話せるであろう」「ですから見てないんで」「こやつ、八つ裂《ざ》きにしてくれる！」「ギャー!!」「お前さん、どうしたんだい」「あぁ、夢か」「夢？　どんな夢見てたんだい？」。

たい平のひとり言

爆笑ネタの一つですが、私はメチャクチャ難しい噺《はなし》だと思っていて、二、三回演《や》って挫折しました。と言いますのも、最初から最後まで同じ話のくり返しだからです。三人目くらいでお客様に噺の展開を読まれてしまうと、そのあとお奉行様、天狗と続く訳ですからねぇ。非常に難しい。そこを楽しそうに演っている人を見ると、すごいなぁと思ってしまいます。一緒に落語を聴きに行った友達が居眠りしてムニャムニャ言ってたら「どんな夢見たの？」って聞いてあげてください。

感想

／

／

／

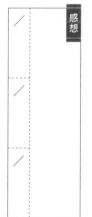

第六章

人間以外もしゃべります

狐《きつね》と狸《たぬき》だけじゃない。
落語の世界では、
いろんな生き物がしゃべります。
あなたのペットはしゃべらない？

51 王子《おうじ》の狐《きつね》

動物に愛される人間になりたいですね

王子稲荷《いなり》にある男がお参りに行くと、近くの原っぱで狐が昼寝をしていた。「狐は人を化かすというが、面白《おもしれ》え、イタズラしてやろう」と、寝ている狐を起こして「お姉さん、こんなところで寝てたら風邪引くよ」と言った。

起こされた狐はびっくり。「お姉さんと呼ばれたということは、あたしはお姉さんだと思われているんだ、ならば」と若い美人に化けた。

「バカな人間だなぁ、よーしこのまま騙《だま》してやろう」と考えた狐。逆に人間に騙されているとも知らず、お稲荷さんにお参りをし、料理屋の二階に上がって飲み始めた。

狐がすっかり油断して、酔っ払って寝てしまうと、男はこりゃいいやというので、土産《みやげ》まで持ってお金も払わず帰ってしまった。そろそろお勘定《かんじょう》をと店の者が二階に上がると、そこには顔が狐に戻った化け物が……。「狐だぁ！」と、散々打ちのめされた狐は、命からがら逃げ出した。

一方、家に帰った男が自慢《じまん》げにこの話をすると、年寄りから「狐はお稲荷さんのお使いだ、そんなイタズラをしたら必ずバチが当たるから、ボタ餅《もち》でも持って謝りに行け」と言われた。行ってみると、子狐が遊んでいる。聞くとおっ母さんが人間に化かされてひどい目にあったと。

男は、お詫《わ》びの印におっ母さんに渡してくれと、ボタ餅を渡して帰っていった。子狐が「おっ母さん、人間がボタ餅を持って謝りに来たよ。ねぇ、早く食べようよ」と言うと、親狐「お待ち、食べちゃいけないよ、馬のフンかもしれないから」。

たい平のひとり言

化ける二大動物として、落語には狐と狸《たぬき》がしばしば登場します。顔つきから来るイメージなのか、狸はどこかドジ、狐はずる賢く演じられます。だからこそ、この噺《はなし》も途中までお客様は騙されている狐を見て、いい気味だ！と思っていることが多いはずです。しかし、バチが当たると諭《さと》されてからは、狐に同情心が湧いてきます。男にひどいバチを当てるのかと思いきや、この親子狐の会話が切なくもあり、申し訳なく思います。一番怖《こわ》いのは人間なんだよなぁと。

感想

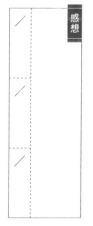

52

狸札《たぬさつ》

最近何か
心温まるいいことしましたか

いじめられていた子狸《こだぬき》を助けてやった男。その夜、誰かが家の戸を叩くので開けてみたら、昼間助けてあげた子狸が家の中に入ってきた。

昼間の恩返しをしたいらしいが、あいにく男には特にやってほしいことがない。それでも子狸が諦《あきら》めないので、その夜は泊めてやることにした。

翌朝男が目を覚ますと、知らない小僧《こぞう》が朝ごはんの準備をしている。誰かと思って聞いてみると、子狸が小僧に化けていた。昨日のお礼に朝ごはんを作ろうとしたけれど、家に何もないので、古ハガキをお札に変えて朝ごはんの材料を買ってきたんだそうだ。

それを聞いた男は、古ハガキならたくさんあるから、それをお札に変えてほしいと頼む。ところが、できたお札はすぐにハガキに戻ってしまうからダメだと断られてしまった。

その時、男はふと、小僧に化けられるならお札にも化けられるんじゃないかと思いついた。最初のうちは大きさが変だったり、裏に毛がはえていたりとできが悪かったが、なんとかちゃんとしたお札に化けてもらって、借金取りが来た時に狸のお札で支払った。
これで借金はなくなったけど、代わりに子狸が連れていかれてしまった。悪いことをしたなぁと男が後悔していると、子狸が走って帰ってきた。「四つにたたまれて財布に入れられた時には、お腹を押されて大変でした。財布を食い破って逃げてきましたが、ついでに五円札を三枚お土産《みやげ》に持ってきました」。

たい平のひとり言

恩返しの噺《はなし》ですが、そこは落語なので『鶴《つる》の恩返し』とは違うんですよねぇ。狸がしゃべるわけないだろう! って思ってしまったらおしまいで、このバカバカしい物語をいかにペーソスを持って演じられるかにかかっているんですよ。今は恩を仇で返すような人が多くなっていますから、この狸家での会話が、私たちの心にグサリと刺さります。子狸は親狸に「恩を受けて、恩を返さないようなやつは人間と同じだ」と言われます。人生に大切なことをスラッと狸に言わせるのが落語。

感想

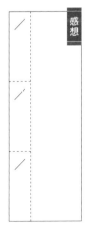

53

ねずみ

腕一本で旅をするなんて憧《あこが》れますよね

江戸時代、名人と言われた彫刻《ちょうこく》職人の左甚五郎《ひだりじんごろう》。彼が仙台を旅している時、子どもにせがまれて小さな宿屋に泊まることになった。

宿の名前はねずみ屋。物置小屋のような粗末《そまつ》なところで、向かいには大きくて立派な虎屋という宿屋がある。主人と子どもが話すのを聞いて、甚五郎は何かわけがありそうだと感じた。尋《たず》ねてみると、ねずみ屋の主人は、元は虎屋の主人だったと言う。奥さんを早くに亡くし、女中と再婚したが、ある七夕の晩に客のケンカを止めようとしたところ階段から落ちて腰が立たなくなってしまい、それをいいことにした番頭に店も奥さんも乗っ取られてしまった。それで仕方なく、虎屋の物置小屋を片づけて、息子と二人で宿屋を始めたということだった。

話を聞いた甚五郎は、ねずみ屋のためにと、一晩かけて一匹のねずみを彫《ほ》り上げ、たらいに入れて上から竹網をかけ「甚五郎作・福ねずみ。ご覧になった方はお泊まりを」と書いて貼り出した。すると、この木彫りのねずみが動くと評判になって、ねずみ屋は大繁盛《はんじょう》するようになった。

これを妬《ねた》んだのが向かいの虎屋。仙台一の彫物師《ほりものし》に頼んで虎を作らせ、ねずみを見下ろすように置くと、ねずみは動かなくなってしまった。困った主人が手紙を書くと、甚五郎が仙台に来て、動かなくなったねずみに「俺は魂を込めて彫ったつもりだが、お前はあの虎がそんなに怖《こわ》いのか」と語りかけた。すると、ねずみが甚五郎のほうを見て言った。

「えっ？　あれ虎ですか。あたしは猫かと思った」。

たい平のひとり言

三代目桂三木助《みきすけ》師匠が浪曲《ろうきょく》を取材して落語に仕立《した》てた一席《いっせき》です。この主人公、名人と言われた左甚五郎。落語には多く登場する人物の一人。『三井《みつい》の大黒《だいこく》』『竹《たけ》の水仙《すいせん》』なども甚五郎噺《ばなし》です。名人だからできる、作り出せる奇跡《きせき》のような話。そしてもう一ついいのは甚五郎は困ってる人の味方であるということだと思うんです。この噺でも、ねずみ屋が不幸が重なって辛い毎日を送っていたところに現れたヒーローですよね。最後のオチを彫ったねずみに言わせるところも粋《いき》な演出ですよねぇ。

感想

／

／

／

54

元犬《もといぬ》

お宅のワンちゃん、何か考えてますすよ！

浅草・蔵前《くらまえ》にある八幡様《はちまんさま》の境内に、みんなが「シロ」と呼んでいる、真っ白な野良犬《のらいぬ》がいた。八幡様へお参りに来る人が「今度の世の中では人間に生まれておいで。人間になったら、いろいろと楽しいことがあるよ」と言って頭をなでたりしてかわいがるので、シロは「今度じゃなくて、今、人間になりたいなぁ。そうだ、八幡様にお願いしてみよう！」と考えた。すると、二十一日目に、願いが通じて人間の姿になることができた。

ところが、シロは毛が抜けて素《す》っ裸《ぱだか》。とりあえず近くにあった手ぬぐいを腰に巻いていると、日頃かわいがってくれていた上総《かずさ》屋のご主人が通りかかり、仕事を紹介してくれることになった。

まずはちゃんと服を着ようということになったが、もとが犬なので、着物に着《き》替《が》える時には帯でじゃれ、「下駄《げた》をはきなさい」と言われたら手にもはいてしまう。あんまり面白いので「変わった人がいたら奉公人《ほうこうにん》にするから紹介してくれ」と言っていたご隠居《いんきょ》のところに行くことになった。
ご隠居のところでも「名前は?」と聞かれると「シロです」「シロだけ?」「はい。ただシロといいます」「あぁ、只四郎さんか」と、おかしな会話が続き、「お茶をいれようか。鉄瓶《てつびん》がチンチン言ってる」と言えば「はい、チンチン」とシロが前足をあげる。ご隠居はだんだん気味が悪くなってきて、女中のおもとを呼んだ。「もと、もとはいないのか? もとはいぬか?」。それを聞いてシロは、自分のことを聞かれたと思い「はい、今朝ほど人間になりました」。

たい平のひとり言

ペットブームで、犬や猫を飼われている方も多いですが、今や市街地ではほぼ見かけなくなったのが野良犬。昔は結構たくさんいたものです。焼き鳥屋の外で、おこぼれをもらえるのをジッと待っていたりと。白い犬は人間を見ていて、人間に憧《あこが》れて生まれ変わりたいと思う。いざ人間になってみると、大変なことばかり。どう思ったことでしょう。犬のほうが気楽で幸せだなあって感じたんじゃないですかねぇ。みなさん、次の世に生まれ変わるとしたら犬と人間どっちがいいですか。

感想

／

／

／

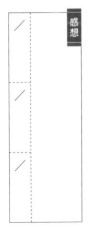

55

化《ば》け物《もの》使《つか》い

人を人とも思わない人が本当の化け物

人使いが荒いご隠居《いんきょ》。あまりにひどいので、奉公人《ほうこうにん》がすぐにやめてしまう。しまいには「あそこは人使いの荒いご隠居がいる」という噂《うわさ》がたってしまい、誰も働きに来てくれなくなってしまった。

そんなある日、高い給金が出ると聞いて、杢助《もくすけ》という男が奉公に来た。辛抱《しんぼう》強い人で、どんなにこき使われても嫌な顔一つせず、三年間もご隠居のところで働いた。しかし、ご隠居が化け物の出る家へ引っ越すと聞いて、怖《こわ》がりの杢助は、引っ越しの用事を全部済ませるとやめてしまった。

仕方なくご隠居が一人で夕食を食べていると、ゾクゾクと寒気がする。どうしたことかと思っていたら、一つ目小僧《こぞう》が現れた。ところが、ご隠居は驚《おどろ》きもせず「ちょうどよかった。お膳を片づけて、洗い物を済ませたら、こっちに来て布団を敷け！」。一つ目小僧がつらそうに泣いていると「泣くんじゃない、明日はお使いに行ってもらうから昼間に出てこい！」という指示まで出した。次の晩には大入《おおにゅう》道《どう》が出てきた。こちらは屋根の上の草むしりをさせ、水瓶《みずがめ》に水をくませ、肩を叩かせ、「大きいし、力があって重宝だ」。こちらもこき使われ帰っていった。三日目はのっぺらぼう。なまじ目鼻なんぞないほうがいい。裁縫《さいほう》をさせ「やっぱり女の化け物のほうがいい。明日から毎日出てくれ」と言い出す始末。四日目は何が出てくるのだろうと待っていると、出てきたのは一匹の狸《たぬき》だった。この狸が毎日化けていたらしい。狸はご隠居の前で涙ぐみながら「あの、お暇を頂きたいのですが」「なに、暇を?」「はい、あなたのような化け物使いの荒い方はいません」。

たい平のひとり言

近代落語の祖、三遊亭圓朝《えんちょう》の墓がある谷中の全生庵《ぜんしょうあん》で、毎年行われる「圓朝忌」。本堂にて奉納落語というものが演じられるんです。一般のお客様もいますが、ほとんどが落語家という状況で演じられます。その年は当代橘家《たちばなや》圓太郎《えんたろう》師匠。演じられたのがこの噺《はなし》。荒唐無稽《こうとうむけい》なこのネタを実に活き活きと、まるでライン下りに乗って急流を下っているかのようなテンポと間で演じ、落語という船に乗っている客全員を楽しませてくれました。落語の底力を感じて、心がビリビリときました。

感想

／

／

／

56

死神《しにがみ》

あなたのロウソクは今どんな感じですか

借金まみれになったのでもう死ぬしかないと思っていた男のところに、やせこけて杖をついたお爺《じい》さんが現れた。誰かと聞けば、死神だと言う。その死神が、男に商売を持ちかけてきた。

「お前にはまだ寿命がある。死のうなんて思わずに、商売をしてみねえか？　病人には必ず死神がついてるんだが、足元にいればまだ助かる。逆に枕元にいると助からねえ。足元にいる時は、『アジャラカモクレン、テケレッツのパー』と唱えると、死神は消えて病人は助かるんだ」。

男が家に帰って、半信半疑のままかまぼこ板に「いしゃ」と書いて表に出すと、早速患者《かんじゃ》がやってきた。どの医者からも治らないと言われたと言うが、見てみると死神は足元にいる。男が教わった通りに呪文を唱えると、死神は消え、患者はすっかり元気になった。これが評判になり、男は大儲《もう》け。ところが、遊びほうけていたのですぐにお金がなくなった。

そんなある日、金はいくらでも払うから助けてほしい人がいるという男が来た。しかし、死神がいるのは枕元。そこで男は、死神の隙《すき》を狙《ねら》って布団をぐるっと回した。枕元にいた死神は足元へ。呪文を唱えると、死神は消えてしまった。

再び大金を手にした男のところに、あの時の死神が現れた。暗い地下に連れていかれると、そこには無数のロウソクがゆらめいている。死神が言うには、人間の寿命らしい。やってはいけないことをしたから、男のロウソクは今にも消えそうになっている。最後のチャンスだと長いロウソクを渡され、火を移そうとするが、手がふるえて……もう少しのところで火が消え、バッタリ。

たい平のひとり言

近代落語の祖、三遊亭圓朝《えんちょう》師匠の作です。今も多くの演者によって語られている不動の四番といっても過言ではないかもしれません。人の生死の不思議さを見るにつけ、人の寿命ってどうなってるんだろうと思っているところに、ロウソクの長さに見立てられている『死神』を聴いて、まんざら嘘じゃないぞ！　と思ってしまいます。三遊亭圓生《えんしょう》師匠のオチの型が一番ポピュラーになっていますが、色んな演者が手を替《か》え品を替え演《や》っています。いまだに成長している噺《はなし》なんですよ。

感想

／

／

／

第七章

変わった人がいるもんです

変わった人が多い落語の中でも、
特に変わった人たち。立場は色々。
中には、誰もが知ってる
あんな仕事の人も……

57

粗忽《そこつ》の使者《ししゃ》

直そうと思っても直らない、人間だもの

ある殿様の家来で、人並み外れた慌《あわ》て者の地武太治部右衛門《じむたじぶえもん》という男。そそっかしいのが見ていて楽しいので、殿様のお気に入りだった。

ある日、治部右衛門は殿様の使者として赤井御門守《ごもんのかみ》の屋敷《やしき》へ行くことになった。ところが、馬に乗って出かけるのに間違って猫に乗り、馬に乗ったと思ったら今度は後ろ向きにまたがってしまったので「構わないから、馬の首を切って後ろにつけろ！」。ようやく御門守の屋敷に着いたら、今度は何を伝えるのかを忘れてしまった。

なんとか思い出そうと膝《ひざ》をつねったりするが、どうしても思い出せない。「かくなる上は……あれを致す。なんとかプク？」「セップクでござるか？」「そうじゃ、そのプク」「ダメでございます、そんなことをしては！」「あっ、そうだ！子どもの頃から、物忘れをした時は、尻をつねられたら思い出す。つねってもらえんか」。応対していた御門守の家臣の田中三太夫が「では御免」と治部右衛門の尻をつねったが、つねられすぎてタコになっているので、まったく効かない。「もっと指先に力がある者はおらんのか？」という声が、ちょうど仕事に来ていた大工の耳に入った。三太夫は大工に着物を着せて家臣に仕立《した》て、治部右衛門のお尻をつねってもらうことにした。

治部右衛門と二人きりになった大工は「こっちを見るなよ」と言って、大きな釘抜きを取り出し、治部右衛門の尻を力一杯つねった。すると「いたたたた、思い出してござりまする」「よかった！　して使者のご用とは？」「はい。屋敷を出る時、聞かずに参った」。

たい平のひとり言

お尻の皮が硬くなっているところなんて、いつからこの方法で思い出してるんだよ！　と思わず突っ込みを入れたくなってしまいます。

粗忽の小咄《こばなし》も数多くありますが私が好きなのは、仕事先から早くに帰ってきた男。家に着いた途端《とたん》、何のために早く帰ってきたか忘れてしまった。早く飯を済ませてみたが、これではない。観たいテレビが、いや違う。風呂にゆっくり浸かるため？　思い出せないなぁ、布団に入って考えよう！「あっ、そうだ！　早く帰って寝ようと思ってたんだ」。

感想

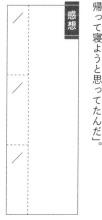

58

天災《てんさい》

腹を立てるから〝あおり運転〟するんですよ

短気な男、八五郎。今日も奥さんとケンカして、止めに入った母親まで蹴飛《けと》ばして家を飛び出し、近くのご隠居《いんきょ》のところへやってきた。「今日こそ離婚する。ご隠居、一筆書いてくれ！」「まったくお前は短気でいかん。偉い先生を紹介してやるから、少し話を聞いてきなさい」。こうして、八五郎は偉い先生のところに行って話を聞くことに。

ところが、行った先の紅羅坊名丸《べにらぼうなまる》先生も八五郎の相手は一苦労。「誰かが水まきをしていて、うっかり水をひっかけられた。あなたはどうする？」「そんなやつ、つかまえてぶん殴るに決まってる」「瓦が風で落ちてきて、あなたの頭に当たったら？」「家のやつを呼び出してぶん殴る」と、全く聞きやしない。

先生が「何もない原っぱで急に雨が降りだして、びしょ濡《ぬ》れになってしまったとする。雨は天が降らせたが、あなたは天に怒るのか？」と聞くと、八五郎はようやく「天に怒るわけにはいかないから、諦《あきら》めるしかない」と答えた。「そうだろう。天に怒るわけにはいかない。これを天災と言う。何事も天の災いと思えば、仕方のないことだと諦められる」。先生はそう八五郎を諭《さと》して、なんとか納得させた。

八五郎が家に帰ると、隣《となり》の男が女を連れ込んだところに前の妻が帰ってきて、えらくもめていた。早速習ったことを試すチャンスがやってきたと思った八五郎が、隣に乗り込んで「前の嫁《よめ》さんが飛び込んで来たのも、すべて天がしたこと。天災と思って諦めなさい」と言うと、隣の男「天災じゃない。うちは先妻でもめてるんだ」。

たい平のひとり言

ビジネスセミナーというものが流行っていますが、この噺《はなし》もかなり役立ちますよね。落語国では、ご隠居さんとか大家さんとか、お店の旦那様とかが、時々人生のためになるような話をしてくれます。失敗をしでかす登場人物も多いですが、だからこそ落語から学ぶことがあるんです。そんな立派な先生の名前が「紅羅坊名丸」ですからねぇ。〝べらぼうになまる〟から来ているんです。偉い先生にバカな名前をつけて身近に感じさせる、さすが落語です。

感想

／

／

／

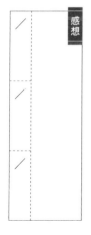

59

権助魚《ごんすけざかな》

適材適所。その仕事、その人に向いてる?

　ある商家のおかみさん。旦那の浮気をかぎつけたので、飯炊きの権助にお小遣いをあげて相手の家を調べてもらおうと考えた。

　旦那が出かけると言うので権助は無理やりお供《とも》になったが、おかみさんの企《たくら》みだと気づいた旦那は権助にお小遣《こづか》いをあげて「ばったり友達と会ったから隅田川で網打《あみう》ちをして、そのあと遊びに出られました。明日の昼頃には帰られると思います」とおかみさんに報告するように言った。用心深い旦那はさらに「証拠になるように、魚屋で網でとった魚を買って帰るといい」と言って、権助に魚代も渡した。

　権助にお小遣いと魚代を渡すと、旦那は浮気相手のところへ、権助は魚屋へ。権助が魚屋に「網でとった魚をくれ」と言うと、わけを知らない魚屋が「ここにあるのは、みんな網でとった魚だよ」と言うので、権助はニシンやめざし、かまぼこなんかを買って帰った。

　家に帰った権助が旦那に言われた通り

に説明すると、おかみさんに「二十分やそこらで魚をとって、その上遊びになんて行けるわけがありません」と言われたので「そんなことはありませんよ。ほら、それが証拠に、ここに魚が」と証拠の魚を見せ始めた。

「これがニシンで、こっちはめざしで、これがかまぼこ。全部旦那様が網で取られました」。おかみさんが「お前、いい加減なことばかり言って。権助、うちの人に頼まれたんでしょ。こんなもんが関東一円で捕《と》れるわけないでしょ！」と問いただすと、権助「一円ではねえだよ。二円もらって頼まれた」。

たい平のひとり言

昔はこういう男の遊びに寛容《かんよう》だったですねぇと書こうと思ったのですが、この噺《はなし》だって、オチのあと、夫婦がどうなったのか描かれていません。案外修羅場《しゅらば》になっているかもしれませんねぇ。嘘はすぐにばれるということです。私も弟子入りして最初に師匠こん平に言われたのは「嘘はつくな！」でした。それにしてもこの権助、どんなところで生まれて、どんな育ち方をしたのか、大したもんです。でもとっさの機転で答えていく。やはりただ者じゃあありませんね。

感想

／

／

／

60

道具屋《どうぐや》

この人本当はすごい人なんだってことない？

三十歳を過ぎても、仕事もしないでぶらぶらしている与太郎。心配になったおじさんが、内職でしている道具屋をさせてくれることになった。道具屋と言っても、道端にガラクタを並べて売るというもの。質屋の蔵前《くらまえ》の塀《へい》のところに行くといろんな店が出ているから、そこで「おじさんの代わりに来ました」と言えば周りの人が教えてくれる、と言われ、与太郎は早速出かけていった。

最初のお客さんがやってきて「そこのノコギリを見せろ」と言われると「えっ？ノコにありますか？」「そこにあるじゃねえか！　だいぶ焼きが回ってるようだが」「はい、火事場で拾ってきたものですから」と商品の出どころを言ってしまったので、逃げられてしまった。

隣《となり》のおじさんが「ああやって何も買わずに帰ることを、俺たちの世界ではションベンと言うんだ」と教えてくれたので「あぁ、そうですか」と話していると、今度は「そこの股引《ももひき》を見せてくれ」「あっ！これションベンできませんよ！」「それじゃあいらない」と、客を逃してしまった。「あっ！　そのションベンはできます〜！」と言ってもあとの祭り。
　次の客は、短刀を見せてくれと言ってきた。お客さんが抜いてどんな刀か見ようとするが、なかなか抜けない。与太郎にも手伝わせて引っ張っていると与太郎「抜けないと思いますよ」「ん？　なんでだ？」「だってこれ、木刀ですから」「な、なんだと。それなら、もっと簡単に抜けるものはないのか？」「あっ、おひな様の首が抜けます」。

たい平のひとり言

代表的な〝与太郎噺《ばなし》〟の一つです。前座《ぜんざ》さんが演《や》るような印象ですが、大御所の師匠が時々、寄席《よせ》でさらっとお演りになったりするのを聴くと実にいいんですよねぇ。与太郎って、本当は演じるのが難しいんですよ。ただのバカではない。少し様《さま》の変わった、ボゥーっとしたのが与太郎で、って言ってもつかみどころがないでしょ。分かってないようで人間の本質見たいなところが分かっていたりするんですよねぇ。林家木《き》久《く》扇《おう》師匠が一番リアルに近いってことでしょうか（笑）

感想

／

／

／

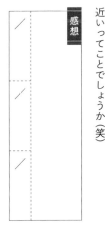

61

ろくろ首《くび》

みなさんが首を長くして待ってるものは？

おじさんの家にやってきた与太郎。いきなり「あたい、おかみさんがほしい！」と言いだした。二十五歳になってもおっ母さんと二人暮らしだったが、兄夫婦を見ていて羨《うらや》ましくなったらしい。

それを聞いていたおばさんがおじさんと内緒話を始めたかと思うと、おじさんが「そんなに結婚したいならいい話があるぞ」と言い出した。年は二十歳で、金持ちの美人、両親を亡くして今は大きな家に女中と暮らしている女性がいるという。「だがな、一つだけ玉に瑕《きず》でな、夜中の二時頃になると、首がスゥーッと伸びて、行灯《あんどん》の油をなめるんだ」。その話を聞いた与太郎は「お、おじさん、そりゃろくろ首じゃねえか」と不安がったが、「そうだ。どうだ、首は夜しか伸びねえし、与太郎は寝たら目を覚まさねえんだから、いいじゃねえか」と言われ「あ、そうか。そうだな」と納得。結婚の挨拶《あいさつ》がちゃんとできるかを心配するので、おじさんは褌《ふんどし》に紐《ひも》を結びつけ、一回引っ張れば「左様《さよう》」、二回で「ごもっともごもっとも」

など、合図を決めて返事をさせることにした。

無事に話がまとまって、婚礼の夜。与太郎も緊張して眠れないでいると、夜中の二時になった。話に聞いた通り、隣《となり》のお嬢《じょう》さんの首がスゥーッと伸びていく。「伸びたぁ!」。与太郎は驚《おどろ》いて家を飛び出し、おじさんの家に逃げ込んだ。「首が伸びたんだよ!」「そんなの承知で行ったんだろう」「もう嫌だよ、あたい家へ帰る!」「バカ、お前のおっ母さんだって、いい知らせが聞けるかなあって首を長くして待ってんだ」「えっ大変だ、それじゃ家にも帰れねえ」。

たい平のひとり言

たぶんですよ、たぶんこの噺《はなし》は先にオチがありきだったような気がします。「首をなが〜くして待っている」。この言葉から連想されるのが『ろくろ首』。本当に首が長いんですから ねぇ。小咄《こばなし》のようなものに肉づけをして一席《いっせき》にしていく、ということはよくある話で、そういうネタのほうが、スパッとオチで噺が終わるような気がします。現代では完全にありえない話ですが、夜はまっ暗になって一寸先も見えないような時代では、本当にあってもおかしくない気がしてきます。

感想

／

／

／

62 堀《ほり》の内《うち》

突き抜けてしまえば、唯一無二《ゆいいつむに》の人になれる

随分《ずいぶん》と慌《あわ》て者の男。並大抵ではないので、これは信心で直すしかないということになり、堀の内のお祖師《そし》様でお祈りをすることになった。

ところが、そんな男だから簡単に堀の内にたどり着けるわけがない。朝は寝坊したうえ慌てて裸《はだか》で出かけようとし、ようやく家を出たと思ったら堀の内とは反対にある両国へ。

その後も散々道に迷った挙句《あげく》、なんとかお寺へたどり着いた男。「ここは堀の内のお祖師様ですか？」「はい、そうですが」と答えた人に「あなたがお祖師様で。ありがたや……」と、ここでもやっている。お堂へ行ってお参りをしようとしたら、今度は賽銭《さいせん》箱に財布を放り込んでしまった。

お参りを済ませた男は、弁当があることを思い出した。ところが、持ってきたのは風呂敷《ふろしき》に包んだ弁当ではなく、奥さんの腰巻《こしまき》で包んだ枕。奥さんのイタズラだと思って怒って家に帰った男は、自分の奥さんを怒鳴《どな》っていたと思ったら、隣《となり》の家で隣の奥さんを怒鳴っていた。ようやく自分の家に帰った男は、気を取り直して息子と銭湯に行くことにした。

銭湯に着いた男は、息子が刺青《いれずみ》を彫《ほ》っていることに気づき「この野郎、いつの間にこんな彫り物をしやがった」「痛《いて》えなぁ、何するんでえ」「あ、鳶頭《かしら》で。こりゃすみません。うちの息子と間違えて……」「冗談じゃねえ。お前の息子はあっちだ」「どうもすみません。ほら、こっちだ。お父っつぁんが洗ってやるから。そら見ねえ、こんなに垢《あか》が出らあ。それにしても、随分肩幅《かたはば》が広くなったなぁ」「お父っつぁん、銭湯の羽目板《はめいた》洗ってらあ」。

たい平のひとり言

これでもかこれでもかという〝そそっかしさ〟〝慌て者〟ぶりが実に生き生きと描かれていますよね。落語界に住む人の中の〝粗忽《そこつ》者〟とは、ここまで行かないと認定されませんよ！　という厳しい基準のように見えてくるからたまりません。私がやらかした本当の話なんですが、着物一式を風呂敷包みにしてあって、それを持って落語会に出かけました。さて着替《きが》える段になって風呂敷を開いてみると、前日のロケの洋服一式が出てきました。あの時は笑うしかありませんでした。

感想

／

／

／

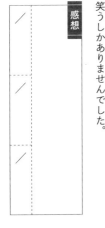

63

千《ち》早《はや》振《ふ》る

ご隠居《いんきょ》みたいな
古文の先生がいたらなぁ

ご隠居のところに男がやってきた。なんでも、百人一首にある「千早振る 神代《かみよ》も聞かず 竜田川《たつたがわ》 からくれないに 水くくるとは」という和歌の意味を知りたいらしい。

ところがご隠居、この和歌の意味を全然知らない。しかし、知らないと言って帰らせるのも面倒《めんどう》そうだ。そこでご隠居は、あてずっぽうの説明をすることにした。

「昔、竜田川という人気の力士がいたのだ。そいつが吉原へ遊びに行ったんだな」「力士が遊郭へ、ですかい？」「そうだ。竜田川の贔屓《ひいき》の花魁《おいらん》に千早というのがいたんだが、千早は力士が嫌で、竜田川のことを振ってしまったんだ。それで『千早振る』となる」「神代も聞かず、というのは？」「神代は千早の妹分で、こちらも『姉さんが嫌と言うなら、わちきも嫌でありんす』と言って聞かない。それで『神代も聞かず』だ」「なるほど」。

「二人に振られた竜田川は、酒に溺《おぼ》れ、相撲《すもう》も続かなくなったから、故郷に帰って豆腐屋を始めた」「力士が豆腐屋に？」「まあ最後まで聞け。それから数年経ったある日、竜田川の店に女の乞食《こじき》がやってきて、おからを恵んでほしいと言った。ところが、その女はよく見ると落ちぶれた千早だった。腹の立った竜田川は、おからをあげなかった。それで『からくれない』だ。千早のほうも豆腐屋が竜田川だと気づき驚《おどろ》いた。行く末を悲しんだ千早は井戸に飛び込んだので『水くくる』となるわけだな」「ほう、それで最後の『とは』というのは？」「『とわ』とは千早の本名だ」。

たい平のひとり言

〝百人一首〟からなので難しく考えてしまうかもしれませんが、この噺《はなし》のようなことってよくありませんか。横丁の隠居は知らないと言うのが面倒だから、こじつけて勝手に歌の意味をしゃべったけれど、「♪うさぎ追いし〜」だってみなさん「うさぎ美味し」だと思ってたでしょ。巨人の星の主題歌の「♪追い込んだーら」だって「重いコンダラー」っていう、グラウンドを均す、大きいローラーみたいなものが〝コンダラー〟だと思っていたでしょ！　落語は日常の至るところに存在するんです。

感想

／

／

／

粗忽《そこつ》の釘《くぎ》

隣《となり》にどんな人が住んでるか知ってますか

　ある夫婦が引っ越しをすることになった。ところが、亭主がものすごくそそっかしい。荷物をまとめた風呂敷《ふろしき》をかつごうとするが、持ち上がらないのでよく見ると、家の柱ごと風呂敷でしばってしまっていた。

　やっとのことで家を出たが、新しい家の場所が分からない。ようやくたどり着いた頃には、もう夕方になっていた。

ところが、疲れて座ったとたん、奥さんに「ほうきを掛《か》けるから釘を打っておくれ」と頼まれた。さらに「掛けやすいように、長い釘を打っておくれ」とまで指図をされたので、イライラしながら釘を打ったら、八寸（約二十四センチ）もある釘を、柱じゃなくて壁に打ち込んでしまった。

「釘の先がお隣に出て、大切な道具を傷つけたりするといけない。すぐにお隣さんに行って謝っておいで！」と言われ、亭主が謝りに行ったが、隣の家に行ったつもりが向かいの家に行っていたりと、相変わらずそそっかしい。気を取り直して、今度はお隣へ。ところが、何をしに来たかを忘れてしまった。なんとか用事を思い出し「あっ、そうだ！　壁に長い釘を打ち込んじゃって……」「そうですか、どこへ打ち込みましたか？」「えっと……くもの巣の下の……」「そりゃあなたの家でしょ。それでは、一度家に帰って軽く叩いてみてください」。叩いてみると、ガタガタ音がするのはなんと仏《ぶつ》壇《だん》。見てみると、阿弥陀《あみだ》様の顔の横から長い釘が出ていた。そそっかしい亭主「うわぁ、これは大変なことになったなぁ」「何がです？」「はい、明日からここにほうきを掛けに来なくちゃいけない」。

たい平のひとり言

上方《かみがた》では『宿《やど》がえ』と呼ばれています。二代目桂枝雀《しじゃく》師匠のそれは、息ができなくなるほど、笑わせてもらいました。日常的に起こる〝そそっかしさ〟の集大成のような一席《いっせき》です。

今も引越の際など物件を選ぶのに、何軒も廻ったり、日当たりや騒音《そうおん》などを調べて決めるものですよね。それでも住んでみないと分からないのは隣近所にどんな人が住んでいるかです。これればかりは間取り図や外観の写真では選ぶことができません。この長屋もどうなったのかものすごく心配です。

感想

／

／

／

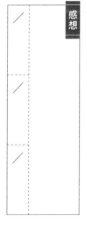

65

宮戸川《みやとがわ》

出会ってからが大切。想えば想われる存在

小網町の質屋の息子、半七《はんしち》。将棋《しょうぎ》に夢中で毎晩帰りが遅いので、ある晩、とうとう我慢《がまん》ができなくなった親父に家を締《し》め出されてしまった。同じ夜、隣《となり》に住んでいる船宿の娘のお花も、こちらはカルタで帰りが遅くなって締め出されてしまった。

半七はおじの家に泊めてもらおうと考えて霊岸島《れいがんじま》（新川）に行くことにしたが、お花が無理やりついてくる。おじの家に着くと、察しがよすぎるおじは早合点して二人を二階に上げ、一組の布団で寝させてしまった。

おじの世話のために、結局夫婦になったお花と半七は、両国横山町に小さな店を持ち、仲むつまじい暮らしが続いた。そんなある夏の日、お花が浅草観音へ参詣《さんけい》に出かけた帰りに夕立にあってしまった。お花は小僧《こぞう》に傘《かさ》を取りに行かせて雨宿りをしていたが、雷が落ちて気を失ってしまった。そこへ三人の男がやってきて、お花を連れ去っていった。

半七はお花の行方を懸命《けんめい》に探したが、

結局見つけることはできず、一年が過ぎた。行方が分からなくなった日を命日として、一周忌のお参りをした日のこと、山谷堀《さんやぼり》から両国へ帰る途中に、船で男と乗り合わせた。二人で酒を飲んでいると、男が酒の勢いで、昨年の夏に三人で女を殺して宮戸川に投げ込んだ話をする。

ここで、半七は小僧に揺り起こされた。お花が連れ去られたのは、半七が昼寝の間に見た夢。もちろんお花は無事だった。それを知った半七「夢は小僧の使い（五臓《ごぞう》の疲れ）だわい」。

たい平のひとり言

勝手になんでも飲み込んでしまうおじさん。あぁこういう人いるいる！　って感じ。寄席《よせ》で若手がよく演《や》る演目の一つです。ただ、この噺《はなし》も最後まで演る人があまりいないので、なぜ『宮戸川』というのかが分かりづらい。このおじさんの世話でもって二人は一緒になって仲むつまじく暮らしていたのだが、ある夏に宮戸川で……。といった展開になるのでこのタイトルなんです。

一階は老夫婦、二階は若い二人といった、コントラストを楽しむのもいいかもしれません。

感想

／

／

／

66

紀州《きしゅう》

ここ一番という時に遠慮《えんりょ》は禁物です

　幼くして将軍になった七代家継《いえつぐ》だったが、病気のために七歳で亡くなってしまった。

　徳川家には御三家《ごさんけ》という制度があって、将軍家に跡取りがなければ水戸家、尾張《おわり》家、紀州家から新しい将軍を出すことになっていた。

　今回将軍になるのは尾張か紀州。次の将軍を決める評定《ひょうじょう》の日、尾張公がカゴに乗って江戸城に向かう途中で鍛冶屋《かじ》の前を通った。鍛冶屋は朝早くから仕事に精を出している。焼けた鉄を叩いて「トンテンカン、トンテンカン」。ところが、もうすぐ将軍になれるかもしれないと思っている尾張公には、この音が「テンカトル、テンカトル」と聞こえる。これは本当に将軍になれるかもしれない。上機嫌《きげん》の尾張公がお城に上がると、使者がまずは格上の尾張公に、次の将軍になってほしいと頼んだ。

　本当は将軍になりたくて仕方がない尾張公。しかし、すぐに引き受けると軽く思われてしまうと考え、一旦辞退した。

すると、使者はあっさりと諦《あきら》めて紀州公の前へ。一方の紀州公は「みんなのためならば」と引き受けたので、その場で八代将軍は紀州公と決まってしまった。

将軍になり損ねた尾張公が、がっかりして屋敷《やしき》へ帰る途中、再び鍛冶屋の前を通ると、また「テンカトル、テンカトル」と聞こえてきた。尾張公は「あの場では引き受けた紀州が、あとで私に頼みにくるのだ」と思って、嬉しそうに鍛冶屋をのぞくと、真っ赤に焼けた鉄を親方が水の中に突っ込んだので、水が音を立てて「キシューーッ」。

たい平のひとり言

テレビ番組で空耳を紹介するコーナーがありますよね。確かに直前に「こう聞こえてきませんか?」なんて言われると余計にそう聞こえてくるから不思議ですよね。〝オノマトペ〟という言葉ができる前から、日本人は音や現象などを〝オン〟で表すことに長けていた気がします。鍛冶屋の音を「トンテンカン」と表したことから騒動《そうどう》が始まるのですからねぇ。心と耳が連動しているからこその空耳。オチもオノマトペで「キシューーッ」と短編ながら小気味がいいです。

感想

／

／

／

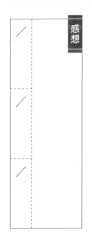

第八章

泥棒さん！いらっしゃい

大変だ、泥棒が出た！
とはいっても、そこは落語のこと。
ちゃんと泥棒できるのでしょうか……

67

夏泥《なつどろ》

上には上がいるってこと
肝《きも》に銘《めい》じてください

　夏のある日、戸締《とじ》まりの悪いのをいいことに、長屋の大工の家に泥棒が入った。泥棒は大工に気づかれたので、刃物で脅《おど》して金のありかを聞き出そうとした。「俺は泥棒だ。静かにしてねえか」。ところが、大工のほうは平気な様子。「金を出せだと。そんなものねえや」「嘘をつけ」「本当だよ。全くねえ」「そんなことがあるもんか。だいいち、俺がこの蚊いぶしを消さなけりゃ、火事になって、てめえ死んでたぞ。言わば、俺は命の親だ。さぁ、出せよ。出さなかったら二尺二寸だんぴら物、ズブリといくぞ」「おめえ、腰に何も差してねえぞ」「今夜は忘れてきた。いいから金を出せ」「もう飯代もなくてどうしようもねえんだ。生きていたって仕方ねえ。さぁ、殺せよ！」「おい、でかい声を出すな。飯代ぐらいやるから静かにしてくれよ」と、ここで立場が逆転。「大工道具を質に入れちまって、仕事ができねえ」「分かったよ、頼むから静かにしてくれ」「この通り、裸《はだか》で服もねえんだ。これじゃ仕事も探せねえ」「ほらこれで服でも買うんだ」「このままじゃ、明日も明後日も飯が食えねえよ」「悪い野郎だ。これで大丈夫か?」と、次々に泥棒から金を巻き上げていき、ついには泥棒のほうがすっからかんの一文無しにされてしまった。

泥棒が慌《あわ》てて帰ったあと、大工は泥棒が煙草《たばこ》を忘れていったのに気づいた。せめて煙草くらいは返してやろうと思ったので、あとを追いかけ「おい泥棒!」「あれだけ恵んでやったのに、泥棒呼ばわりするやつがあるか! まだ何か用か?」「すまねえ、季節の変わり目にまた来てくんねえ」。

たい平のひとり言

泥棒に入られたら怖《こわ》いってみんな思いますよねぇ。でもその入った泥棒に怖がられる、一枚上手の人が長屋には住んでいるんです。

落語で泥棒が出てくる噺《はなし》を好んで演《や》るのは縁起《えんぎ》がいいとされているからで、〝お客様の懐《ふところ》を取り込む〟ということなんです。他にも、狐《きつね》・狸《たぬき》の噺なども〝化ける動物〟ですから、突然変わって売れっ子に〝化ける〟という縁起をかついでのこと。旅の噺は〝客足が伸びる〟と言って寄席《よせ》の初日に演られることも多いんですよ。

感想

68

釜泥《かまどろ》

我が家のセキュリティを今一度確認して

大泥棒・石川五右衛門が、釜ゆでにされたのは有名な話。その子分だった間抜けな泥棒二人。自分たちもつかまったら釜ゆでになるに違いないと考えた。そこで、親分の供養《くよう》も兼ねて、世の中にある釜を全部盗み出して壊してしまうことにした。

ところが世間では、金を盗まずに釜だけ盗っていく変な泥棒が出ると大騒《さわ》ぎに。老夫婦が二人でやっている小さな豆腐屋も、何度も釜を盗まれてしまい、何かいい手はないかと頭を抱えていた。

そこで思いついたのが、釜の中に隠《かく》れて、泥棒が盗みに来たら「泥棒!!」と叫《さけ》ぶという作戦。夜になると、泥棒を待ち構えるべく爺《じい》さんが釜の中へと入ったのだが、待っている間に酒を飲んでいたら、酔って寝てしまった。

そこへやってきたのが例の泥棒たち。「この間も盗んだが、またいい釜が入ったじゃねえか。早速盗んでやろう」と忍《しの》び込み、釜を縛《しば》ってかついだら、やけに重い。「きっと、仕込みの豆がいっぱい入ってるんだよ」。頑張ってかついで運んでいると、目を覚ました爺さんが寝ぼけて「婆《ばあ》さん、寝ちゃいけないよ、泥棒に入られるから」。しばらくすると、今度は「だいぶ揺れてる。地震か？」と釜の中から声がする。泥棒たちが気味悪がっていると、「ワァー！」と大きな声がしたので、怖《こわ》くなった泥棒たちは釜を放り出して逃げてしまった。

爺さんが釜から顔を出すと、夜空にはきれいな月が出ている。釜に入っていたことも忘れて、爺さん「いけねえ、今夜は家を盗まれた」。

たい平のひとり言

本当に落語に出てくる泥棒一人ひとりを抱きしめてやりたい。だって、大親分の石川五右衛門の供養と釜ゆで防止のためという理由で釜を盗む！　っていうバカな純粋さ。豆腐屋の老夫婦にしても、この防犯対策。こういうのを見ていると、この時代の人たちって、日々暮らしの中で起こること悲しいこと、辛いことでもすべて受け入れて楽しんでたんじゃないかと思ってしまいます。現状の生きにくさを、誰かのせいにして責めるのではなく、楽しむことが大切なんですよねぇ。

感想

／

／

／

69

だくだく

描くよりニトリ・イケアのが安かったりして

新居に引っ越した八五郎。貧乏で家財道具が何もないので、知り合いの絵師にお願いをして、壁に貼った紙に家具の絵を描いてもらうことにした。

「ここにはタンスをお願いします。少しだけ引き出しが開いていて、高そうな着物や帯がチラッと見えているところを。タンスの上には置き時計と、その横で猫があくびをしているところをお願いします。こっちには、火鉢《ひばち》の中で火が燃えていて、鉄瓶《てつびん》の湯が沸いて湯気を上げているところを描いてください。それから、扉が開いている金庫の中にお金がたくさん入っている、というところもお願いします」。

いろいろと描いてもらったおかげで、しっかり家財道具がそろった家に見えるようになった。

その夜、八五郎の家に泥棒が入った。暗くてよく見えないが、火鉢の火はつきっぱなし、金庫は開けっぱなしで大金がのぞいている。「物騒《ぶっそう》な家だねぇ、よし」とタンスを開けようとしたが、開かない。「なんだ、みんな絵に描いて、あるつもりでいるんだな。よし、だったら俺だって、盗んだつもりになってやろう。タンスの着物を風呂敷《ふろしき》の中に入れたつもり」とやっていると、目を覚ました八五郎「あっ、泥棒！　盗んだつもりになってるんだな。だったら俺も、つもりでやってやろう。布団を跳ねのけたつもり、たすきをかけて、長押《なげし》にかかった槍を構えたつもり。どろぼうの脇腹めがけて、ズブリと突いたつもり！」とやると、泥棒が「いてててて、と突かれたつもり」「グリグリッとえぐったつもり」「ダクダクッと血が出たつもり」。

たい平のひとり言

私は美大出身なので、同じようなことをして楽しんだことがあります。みんな絵がうまいですからねぇ。殺風景な落研の部室が豪華《ごうか》に見えました。この家に入ってくる泥棒も、落語に出てくるやつですから、相変わらずちゃんと仕事ができる人間ではありません。でも逆に落語に出させてもらえる泥棒ですからトンチ、機転が利く。つもりになって二人で演《や》り始めちゃうんだから、平和なもんですよね。この時代の悪人は、心までは腐《くさ》っていなかったのかもしれませんね。

感想

／

／

／

70

転宅《てんたく》

そんなうまい話なんてありませんからね

ある妾《めかけ》の家で、男が帰ったあとに泥棒が入った。まずは手始めに、残っていたお酒と料理で腹ごしらえ。すると、泥棒が飲んでいるところに妾が戻ってきた。

「やい女、金を出すんだ」と泥棒が凄《すご》むが、「あら。ちょいとお前さん、なんだい？」「言わずと知れた泥棒よ」「そうだったの、泥ちゃんかい？」「気安く言うねぇ。てめえ怖《こわ》くねえのか？」と、機転の利く妾は全然動じない。それどころか「あたしも元々泥棒だったんだ。今の男とは別れるところだったし、ちょうどいい、あたしを連れて逃げてくれないか？」と迫り、泥棒に結婚の約束までさせてしまった。

「夫婦になるんだから、今夜も泊まっていく」と聞かない泥棒を二階に用心棒がいるからと追い返し、「明日男が来てなければ三味線《しゃみせん》を弾《ひ》いてるから、それを合図にするんだよ」と言って男を追い返した。

次の日、泥棒が妾の家にやってきた。ところが、家はもぬけの殻《から》。ご近所に「あの家、お出かけですか？」と泥棒が聞くと、

「まあ、たいへんな珍談《ちんだん》があるからお聞きなさい。あたしたちなんか昨夜から思い出しては笑ってるんですよ」。聞いてみると、昨夜妾の家に間抜けな泥棒が入ったので、その場しのぎで結婚の約束をし、明日来るように言って追い返した。しかし、よく考えると怖くなってきたので、さっさと引っ越ししてしまったそうだ。

「それで、家の者は？」「はぁ、今朝方荷物をまとめて、旦那と一緒に引っ越ししてしまいました」「なんと！　女はいったい何者なんで？」「なんでも、義太夫《ぎだゆう》の師匠だったそうですが」「なるほど、道理でうまくかたりやがった」。

たい平のひとり言

泥棒も色んなしくじり方があるんだなぁと感心します。中でもかわいそうな泥棒三本指に入るんじゃないかと思うくらい、素人にやられまくっていますよね。いざとなったら女性のほうが度胸がすわってるっていいますが、見事なまでに泥棒心ではなく、男心を知っているなぁと。あくる日の近所のみなさんの光景も目に浮かびます。路地の角や、障子《しょうじ》の穴、塀《へい》のすき間から、どんな間抜けな泥棒が現れるか見ているんですよ。考えただけで笑えるのが落語のすごさ。

感想

／

／

／

第九章

酒が入ると何かが起こる

お酒って、今も昔も
笑いを生み出すアイテム
なんだなあって思います。
みなさんも覚えがあるのでは？

71

試《ため》し酒《ざけ》

いきなり本番よりも練習の積み重ねです！

ある大家《たいけ》の主人。仲のいい近江《おうみ》屋の主人が来たので、ゆっくり酒でも飲もうということになった。

飲み始めると、近江屋はお供《とも》の久蔵《きゅうぞう》のことを話し始めた。この男は大変な大酒飲みで、この間など一晩で五升《ごしょう》を飲み干したと話すので、主人が「ならば、ここで五升の酒を飲んでもらおう。もしも飲めたらお小遣《こづか》いをやるから」と言い、実際に五升を飲ませることになった。すると近江屋は「飲めたら久蔵にお小遣いをくださるということでしたら、飲めなかった時には、久蔵に代わって美味しいものをご馳走《ちそう》します」と返した。それを聞いた久蔵は「さっきはここで五升飲ませてもらうって言ったけど、おらのことで旦那様に無駄《むだ》な金を使わせてはいけねえ。ちょっくら表に出て、考えてもいいかねぇ」と言って外へ出ていってしまった。

戻ってきた久蔵が「やっぱり五升飲めるかやってみる！」と言ったので、一升も入る大きな盃《さかずき》にお酒を入れると、久蔵は息もつかずに飲み始めた。旗色が悪くなった主人の「最後の一升は飲めないだろう」という予想を裏切り、久蔵は本当に五升の酒を飲み干してしまった。
感心した主人が「いやぁ、私の負けだ。約束通り小遣いをやろう。それから聞きたいことがある。始める前に表に出ていたが、その時にいくらでも飲めるおまじないでもしたんじゃないか？　もしもそんなおまじないがあったら教えてほしい」と聞くと「何もねえだ、おらぁ今まで五升と決まった酒を飲んでみたことがねえ。心配でなんねえから、表の酒屋で試しに五升飲んできたんだよ」。

たい平のひとり言

「試しに五升飲んできた」というオチからさかのぼってみると、演者としての力量が実に問われる一席《いっせき》です。ちょっくら表に出て考えてきますと言って帰ってきた時には、すでに五升という酒を飲んできたあとですからねぇ。とは言っても、ネタバレしないようにしなければいけない。でも聴き終わったあと「あっ！　そういえば帰ってきた時、様子が少しおかしかったかも」なんて思ってもらえるのが最高ですよね。飲む仕草も大切ですが、演者のそうした心持ちが大切なんです。

感想

／

／

／

72

二番煎じ《にばんせん》

人が集まってあったまることの大切さ

火事が多いのが江戸の町。町内の旦那衆で毎晩火の用心の夜回りをすることになっているが、みんな寒くて大変だと思っていた。あんまり寒いので、その月の月番が「二組に分かれたらどうでしょう」と言うと、みんなも賛成して交代制にすることになった。

最初の組が表へ出たが、あまりに寒いので、拍子木《ひょうしぎ》を着物の袖《そで》に入れたまま叩くような有様。ようやく町内を一周して番小屋へ戻ると、それぞれがお酒を持ってきたり鍋を持ってきたりしている。番小屋へは時々役人が見回りにやってくるので「見つかったら大変だ」と言う者もいたが、結局体を温めるために鍋で一杯やることになった。

ところが、その最中にドンドンドン！と扉を叩いて「番の者はいるか！」と、役人がやってきた。旦那衆は急いで片づけて役人を迎えたが、土瓶《どびん》に入れたお酒を役人に見られてしまった。「これはなんだ！」と聞かれ、旦那の一人が「風邪薬を煎じていたのです」「風邪薬か。これはちょうどよい。実は風邪を引いてしまったので、私も一杯もらおう」。諦《あきら》めて土瓶を出し、湯飲みに注ぐ。旦那衆が見守っていると、一口飲んだ役人はお酒と分かって怒ると思いきや、ニヤッとして「いい煎じ薬だ！」と。

その後は一杯と言わずどんどん飲まれ、鍋も食べられてしまう。これでは自分たちの分がなくなると思い「もう煎じ薬はありません」と言うと、役人「ならば致し方ない。拙者《せっしゃ》もう一回りしてくる間、二番を煎じておけ」。

たい平のひとり言

酉《とり》の市が近づく頃から始めるようにしています。外を回る寒さと、火を囲んだ暖かさが出ればいいなぁと思って演《や》っています。都会では最近見かけなくなった冬の風物詩ですよね。田舎《いなか》のほうに行くと町内の消防団の人たちが夜回りをしてくれています。そして終わったあとには、この噺《はなし》と同じように仲間と一杯やるのが楽しいんだそうです。冬の噺を演る時に大敵なのが会場の暖房で、「寒いねー」って言っているのに、演者が汗びっしょりかいていること、よくあるんです。

感想

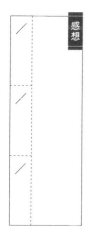

73

禁酒番屋《きんしゅばんや》

本物のひと泡を吹かせてやりましょうよ！

ある殿様が「お酒はよくない！」と言い出し、城内は禁酒ということになった。はじめのうちは従っていた家臣たちも、だんだん我慢《がまん》ができなくなってきて、外に出たついでに飲み、酔って帰る者が多くなった。これが殿様に知れたらまずいということで、家臣たちは城門のところに番小屋を作り、酒を飲んで帰ってこないか、酔っ払ったまま帰ってこないかを調べることにした。

それでも一杯やりたいという酒好きな侍《さむらい》の近藤が、夜までに酒を届けてくれと酒屋に頼みに来た。無理やり引き受けさせられて困った酒屋の番頭は、和菓子屋になりすまし、カステラの箱の中に徳利《とっくり》を入れて風呂敷《ふろしき》で包んで持っていくという方法を考えた。

うまくいくかと思いきや、番小屋で荷物を調べられ、箱の中から徳利が。「水カステラです！」ととっさに嘘をついたが、本当かどうか調べると言って一升丸ごと飲まれてしまった。次の者は油が入った徳利だと言って城に入ろうとしたが、これもまた番人に全部飲まれてしまった。

もう諦《あきら》めようと主人が言うと、若い者が「ならば敵《かたき》を討《う》ってくる」と。今度は酒を持っていかない。「敵討ちなので任せてください。今度は小便を小便だと正直に持っていく。これが敵討ちになるのです」。

三度目、番小屋へ行くと、そこには酔っ払った番人が。徳利の中身は小便だと言うのだが、また嘘をついていると思った番人は、一口飲もうとして気がついた。「ん？ これは小便ではないか！」「はい、ですから最初から小便と」「ん〜ん、この……正直者めが！」。

たい平のひとり言

前座《ぜんざ》修業が終わった若手と飲んだりする時に「あれ？ こんなやつだったっけ」なんて。さらに酒が進むと「オイ！ 先輩よぉ〜」なんて人が変わったりする者もいます。飲むな！と言われると飲みたくなるのが酒ですが。やられっぱなしの酒屋の逆転劇。老若男女が混じったところ、子どもたちのいるところでは鉄板ネタで、私もよく演《や》りますが、心がけていることがあります。最後は小便で敵討ちをしますが、あまり下品にならず、かわいいイタズラくらいに感じられるように演っています。

感想

／

／

／

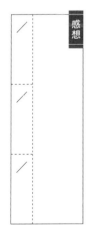

74

ガマの油《あぶら》

慣れた仕事こそ慎重に。酔ってなんか無理ですから

大きな道で人を集め、口上を並べて物を売る香具師《やし》の男。刀を抜いて、白い紙を半分に、また半分にと切って見せ、最後は紙吹雪のように細かくしてしまった。

そこで香具師が「……かほどに切れる刀でさえも、差裏差表《さしうらさしおもて》へガマの油を塗る時は、白紙一枚さえ容易に切れぬ。叩いて切れない、引いて切れない。しかし拭き取る時はどうかと言うと、触っただけでも腕がこのくらいに切れる。だがお立ち会い、こんな傷はなんていうこともない。このガマの油を一つつけると痛みが去って、血がぴたりと止まる。なんとお立ち会い……」と言葉を並べると、ガマの油が飛ぶように売れていった。

儲《もう》かって気分をよくした香具師は、近くの店で酒を飲んだあと、もう一儲けと考えて、同じように口上を言い始めた。ところが、酔っ払って舌が回らないので何を言っているかがさっぱり分からない。「このガマの棲《す》めるところは、はるか東にあたる高尾山」すると客が「東にあたる筑波山じゃねえのか？」、「いつも

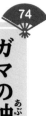

は二貝で百文だが、今日は一貝で百文」「高くなってるじゃねーか」と、何度も言い間違えては客に直される始末。ようやく刀にガマの油を塗って、刀が切れなくなるところを見せる場面。今度は、間違って腕を切ってしまった。
「驚《おどろ》くことはない！　この通り、ガマの油を一つつければ、痛みが去って、血がぴたりと……止まらない。止まらない時には滅茶苦茶につける。それでも止まらない時には山盛りにつけて、薬の重さで止める。止まらない……。トホホホ、お立ち会い！」「なんだよ」「お立ち会いの中に血止め薬の持ち合わせはないか！」。

たい平のひとり言

この〝ガマの油〟の口上は、役者さんたちの発声の稽古《けいこ》の時にしばしば使われていますね。
昔の口上というのは七五調だったりして、しゃべっていても聴いていても耳に心地いいものです。よくお客様で「一杯飲んだほうが口が滑《なめ》らかになるんじゃないですか」なんてお酒をすすめる方もいますが、このネタの通り、お酒を飲んだらうまくしゃべれなくなってしまいます。私が小さい時は、人が集まる祭りの広場の片隅に、こういう人が来て、軟膏《なんこう》を売っていたんですよ、本当に。

感想

／

／

／

75

猫《ね こ》の災難《さいなん》

飲めない人ごめんなさい、酔っ払い万歳《ばんざい》！

お金はないが酒は飲みたい熊。隣《となり》のおかみさんから、猫が食べた残りの、鯛《たい》の頭と尻尾《しっぽ》をもらった。これで酒があれば一杯やれると思っていると、兄貴分の男がやってきた。胴にすり鉢《ばち》がかぶせてある鯛を見て、兄貴分は一匹丸ごとあると勘違《かんちが》い。「ならば俺が酒を買ってくるから、この鯛で一杯やろう！」と言って出ていってしまった。

今更《いまさら》「鯛は猫のお余りで、頭と尻尾しかありません」とは言えない熊は「鯛をおろしていたら、隣の猫が来て持っていってしまった」と、兄貴分に嘘を言った。仕方がないので、兄貴分が次は鯛を買いに行った。熊の目の前には、兄貴分が買ってきた酒がある。誘惑《ゆうわく》に負けて湯のみで一杯やると、もう止まらない。兄貴の分を徳利《とっくり》に取っておこうと注いだが、あふれそうになったので少しだけ吸い上げようとした。ところが、みんな飲んでしまった。「少しだけ残したってしょうがねえや、兄貴が帰ってきたら、また猫が来たから追いかけ回してたら、猫が一升瓶《いっしょうびん》を倒して全部こぼしちまったって言えばいいや」と考えて、酒を全部飲み干して寝てしまった。

そこへ、兄貴分が鯛を買って帰ってきた。猫がこぼしたのを吸っただけだと言いながら酔っている熊に、「よし、隣に行って、猫に食うもの食わせねえからこうなるんだって怒鳴《どな》り込んでやる」。これが聞こえた隣のおかみさん「うちの猫が何をした？　猫の残りをお前さんにやったんじゃないか」「なんだと、熊！　俺に隣に行かせてどうしようってんだ？」「だから、猫にようく詫《わ》びをしてくんねえ」。

たい平のひとり言

古今亭《ここんてい》一門は『犬《いぬ》の災難《さいなん》』。まぁ猫でも犬でもいいんです。だって一度も噺《はなし》の中には登場しないんですからね。隣の猫にとってはいい迷惑で、全部自分のせいにされちゃってるんですから、酒好きの〝性《さが》〟というんでしょうかねぇ。目の前に美味そうな酒があったら我慢《がまん》できない。一杯だけ！　が二杯、三杯。挙句《あげく》にベロベロ。

五代目柳家小《こ》さん師匠の熊さんの酔った挙句に言うセリフ「いい休みだったなぁ」で長屋の情景がはっきりと見えましたねぇ。

感想

／

／

／

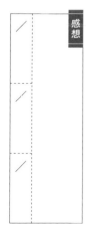

76

代《かわ》り目《め》

いい女房《にょうぼう》がいるから酔えるんですよ

いつも呑《の》んだくれては遅くに帰ってくる酔っ払いの男。今日も今日とて居酒屋で閉店まで粘《ねば》って、帰ってきたと思ったら奥さんにお酒をせがむ。

酒を飲み始めると、今度は「何かつまみを持ってこい」と言う。「漬物《つけもの》があったろう」「ありません」「干物があったろう」「ありません」「だったら……」「ありません」。仕方がないので、おでん屋で何か買ってこさせることにした。

奥さんが出かけてしばらくした頃、家の前にうどんの屋台がやってきた。男はうどん屋を無理やりつかまえて、燗《かん》をつけさせ、うどんも頼まず「お前は燗をつけるのが上手だねぇ。こんなにうまいんなら、うどん屋やめてお燗番《かんばん》になったほうがいいんじゃねえか」と長話を始めた。これじゃうどん屋も商売にならない。うんざりしたうどん屋は、とうとう男の家から逃げ出してしまった。

男が「おい待て、帰ってこい！」とうどん屋を追いかけていると、おでんを買った奥さんが帰ってきた。奥さんは旦那さんを見てびっくり。慌《あわ》てて止めて旦那さんと家に帰った。すると、家の中にはお燗がある。「お燗はどうしたの？」「うどん屋につけさせた」「うどんは？」「嫌《きれ》えだから食ってねえ」。申し訳なく思った奥さんは、うどん屋さんを探してうどんを食べようと思った。
「うどん屋さん！　うどん屋さ〜ん！」「おい、うどん屋さん、お客さんが呼んでるよ」「はいはい、どちらのお宅で」「あっちです」「あぁ、あの家はいけないよ」「どうしてです？」「今行くと、ちょうどお燗の代り目ですから」。

たい平のひとり言

寄席《よせ》で聴かない日はない！　というぐらいに演《や》り手の多い噺《はなし》です。ただ題名が『代り目』なのは何故なのか。それは本当のオチまで聴かないと分からないのですが、寄席では一人の持ち時間が十四、五分なので途中の受けたところでやめてしまうことが多いのです。私も落語家になってから、最後まで聴いたのは二、三回しかありません。でも最後まで聴くと、途中の奥様が、酔っ払って帰ってくる主人と、そして街の人たちに対していかに優しいかが、分かるんですよねぇ。

感想

／

／

／

77

らくだ

酔ったらどうなるかを知っておくことです

「らくだ」というあだ名のたいそうな嫌われ者。ある日、兄貴分がらくだの家にやってきたら、長屋の中で死んでいた。

兄貴分としては葬儀《そうぎ》の一つも出してやりたいが、金がない。何かうまい手はないかと考えていると、屑屋《くず》が通りかかった。葬式代《そうしき》にするからとらくだの家財を買い取らせようとしたが、ろくなものがないので断られた。兄貴分は帰ろうとする屑屋を引き止め、長屋の月番に香典《こうでん》を集めるよう頼みに行かせると、その次は大家に酒と料理を用意させろと言った。

兄貴分の入れ知恵で、屑屋が「酒と料理を出さなければ、らくだの死体を持ってきて、カンカンノウを踊《おど》らせますよ」と脅《おど》すと、大家は「面白い、やってみろ」。それを聞いた兄貴分がらくだを抱え、本当にカンカンノウをやると、大家は驚《おどろ》いて、慌《あわ》てて酒と料理を約束してくれた。

この話を聞かせて、八百屋からは棺桶《かんおけ》代わりの漬物樽《つけものだる》をせしめ、葬式の準備は万端。まずは大家が用意した酒を無理に屑屋に飲ませたのが失敗。兄貴分と立場が逆転、とんでもないことに。
最後は葬送《そうそう》のために髪を剃《そ》ろうということになったが、今度は剃刀《かみそり》がない。立場が上になった屑屋が、兄貴分に向かって、髪結いのところに行って剃刀を借りてこい！　と命令する。すると兄貴分「死体の頭を剃るのに使うなんて言ったら、貸してくれないんじゃやねえのかなぁ」と。今度は屑屋が「もし貸さないと言ったら、死体を持ってきて、カンカンノウを踊らせると言ってやれ」。

※この噺《はなし》は続きがありますが、時代に合わなくなってきてなかなか演《や》る人がいないので、今回はここまで

たい平のひとり言

元々は上方《かみがた》落語でした。六代目笑福亭松鶴《しょうかく》師匠が絶品だったと語り継がれています。私も演りますが、最後まで行くと陰々滅々《いんいんめつめつ》としてしまうので、屑屋さんが形勢逆転したところで終わらせています。歌舞伎にも「らくだ」という演目がありますが、もとは落語のネタです。見た目が強い歌舞伎ではカンカンノウを踊らせるところが一番受けます。でも落語は、時間経過と、人の変化をリアリティをもって演じることができるのです。それが落語のすごさです。

感想

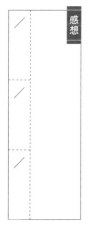

第十章

この親ありてこの子あり

仲よく楽しんだり、怒られたり。
親子にもいろいろありますが、
落語の親子はやっぱり
〝愛〟でつながっています。

78

寿限無《じゅげむ》

親が子を想う〝愛〟が強すぎてませんか？

男の子が生まれた熊。お寺の住職に、元気に育つような名前をつけてほしいと頼んだ。住職は、お経にあるありがたい言葉やら、長生きした人の名前やらを、次々と教えてくれた。

「おめでたいことが限りないという意味で、寿限無はどうじゃ？」「取っても取っても取りつくせないということから、海《かい》砂利《じゃり》はどうだろう」「長く久しい命と書いて長久命《ちょうきゅうめい》」「長く助けるで長助は？」とひとしきり挙げて「まぁ、あとは夫婦で話し合って決めなさい」と言われたのだが、夫婦はなかなか決められない。結局、教えてもらった名前を残さずつけることにして、男の子の名前は「寿限無寿限無五劫《ごこう》のすりきれ、海砂利水魚の水行末《すいぎょうまつ》、雲来末《うんらいまつ》、風来末《ふうらいまつ》、食う寝る所に住む所、やぶら小路のぶら小路、パイポパイポ、パイポのシューリンガン、シューリンガンのグーリンダイ、グーリンダイのポンポコピーのポンポコナーの長久命の長助」になった。

名前がよかったのか、病気もせず元気

に成長して、男の子が学校へ行くようになると、名前が長いので大変なことになった。ある日、寿限無とケンカになって頭を叩かれた金ちゃんが、泣きながら「エーン、エーン、あの寿限無寿限無……長助くんに頭叩かれてこぶができちゃったぁ」と言いに来た。それを聞いて、寿限無の母親が「あら、うちの寿限無寿限無……長助が！　お前さん、うちの寿限無寿限無……長助が、金ちゃんの頭叩いたんだって」「なに！　うちの寿限無寿限無……長助が！　どこだい、こぶは」すると金ちゃん「あんまり名前が長いから、こぶが引っ込んじゃった！」。

たい平のひとり言

日本人なら誰でも一度は聞いたことがあるのではないでしょうか。たとえ落語を知らなくても〝寿限無〟という言葉は知っていると思います。若い人でも、小学生の時にみんなで覚えた、なんてよく聞きます。名前をつけるって結構大変ですよね。画数とか、響《ひび》きだとか。今は〝キラキラネーム〟が流行ってますから読めない難読漢字が多いです。でも一人ひとり、親の子どもに寄せる想いがあってつけられた名前です。ご自分の名前はどうやってつけられたか聞いたことありますか？

感想

／

／

／

79

牛《うし》ほめ

うまくいったところで引き上げることが肝心《かんじん》

　佐兵衛おじさんに「バカ」と呼ばれている与太郎。あんまりかわいそうなので、お父さんが一肌脱ぐことにした。おじさんが最近家を建てたから、それをほめておじさんを感心させようという作戦だ。天井は薩摩《さつま》の鶉杢《うずらもく》、畳は備後《びんご》の五分《ごぶ》縁《べり》で……とほめ言葉を伝授していくが、なかなか覚えられないので紙に書いていくことに。最後に一つ「おじさんは台所の一番目立つ柱にある大きな節穴《ふしあな》を気にしてたから、台所に連れていってもらって『あっ、こんなところに大きな節穴がありますね』と言うんだ。おじさんは『そうなんだよ。気になってるんだ』と言うはずだから、『穴の上に、秋葉《あきば》様の火伏《ひぶ》せのお札を貼りなさい。穴も隠《かく》れて、火の用心にもなります』と言うんだよ。これを聞いたら、おじさんは感心して、お前のことをバカなんて呼ばなくなる。その上、お小遣《こづか》いももらえるだろう。お小遣いをもらったら、お礼に牛をほめてくるんだよ」と教えた。

　こうして家をほめる手はずを整えた与

太郎はおじさんの家へ。失敗しつつもなんとか家をほめ、台所の柱の話も見事に成功。そして、お小遣いのお礼に牛をほめに行った。

ここでも習ったとおりに牛をほめるが、牛は自分のことをほめに来てるのなんか分からないから、与太郎にお尻を向けてフンをした。それを見ていた与太郎が「おじさん、あの穴、気になるだろう」。おじさんは「気にならないよ、お尻の穴だから」と答えたが、与太郎「気にすることはありません。穴の上には秋葉様のお札を貼りなさい。穴もかくれて、屁の用心になります」。

たい平のひとり言

子どもたちを集めて、落語会をよく演《や》っています。喜んで大笑いしてくれる双璧《そうへき》が『転失《てんし》気《き》』と『牛ほめ』ではないでしょうか。〇〇〇ドリルのように、お尻から出るものが好きですよねぇ。秋葉様の火伏せのお札が、ちょっと子どもたちには分かりづらいのではと思うかもしれませんが、実は大人よりも物語を大局的に捉《とら》えているので、分からない言葉が出てきても動じません。だから子どもの前では子ども向けではなく、しっかりとした落語を演じなければ！ という気持ちが強くなります。

感想

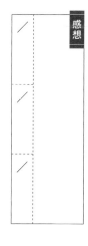

80

桃太郎《ももたろう》

正しく理解してから人にものは伝えましょう

やんちゃ盛りの息子。遅くまで起きているので、父親は布団に寝かせて昔話でも聞かせてやろうと考えた。子どもなんて罪がないもので、こんなことでも簡単に寝入ってしまうもんだ。

「布団に入って……よし、今日は桃太郎を聞かせてやろう」と昔話を始めた。ところが、黙って素直に聞いてスヤスヤ眠ってくれる子どもではなかった。

「むかしむかし」「むかしっていつのことだい？　何時代？　何年のこと？」「えい、うるさいな。そんなことはどうでもいいんだ。あるところに……」「あるところっていうのはどこのことだい？」「おじいさんとおばあさんが」「名前は？なんでおじいさんとおばあさんなの？」

こんな調子で話が進まない。

しまいには息子が「ただべらべら話せばいいってもんじゃないんだよ。ちゃんと物語を分かった上じゃないとね。あのね、おじいさんとおばあさんが山と川へ行くのは、父の恩は山より高く、母の恩は海より深いということのたとえに違いない。犬・猿・雉《きじ》を仲間にするのは、それぞれ仁・智・勇という道徳を身につけることの大切さを表してるんだ。そして、キビだんごという粗食《そしょく》をいつも食べるような質素《しっそ》な生活を送って、鬼ヶ島という厳しい世の中に立ち向かう。そうやってこそ、成功という宝物が手に入る。桃太郎はそんな話なんだね」なんて小難しいことを言うので、父親のほうが眠たくなって寝てしまった。

スヤスヤ眠る父親を見て息子「親なんてものは、罪がないいな」。

たい平のひとり言

子どもの頃から聴かされていた昔話の桃太郎が、落語の手にかかるとこんな風になっちゃうんだというネタ。我が子に桃太郎の本当の意味を教えられる場面では、お客様もこのお父っつぁんと同じような気持ちになってくるから不思議。現代にあっても、大人より子どもたちのほうが色んなことを知っている時代だから、私なんかもネットやSNSのことは息子に聞いて「ほう、なるほどなぁ」となることが多くて、ついつい我が子を尊敬してしまう今日この頃なのです。

感想

／

／

／

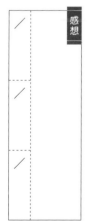

81

初天神《はってんじん》

子どもたちへ
お父さんは子どもなんです！

新年最初の天神様の縁日、初天神。新しく作った羽織《はおり》が着たくてお父っつぁんが出かけようとすると、わんぱく小僧《こぞう》の金坊《きんぼう》が帰ってきて、見つかってしまった。「お父っつぁん、お初天神に行くのかい？あたいも連れてっておくれよ」「お前と行くと、あれもこれもってせがまれるから嫌だ」。断ろうとしたが、おっ母さんにも「この子、家に置いとくとろくなことしないのよ。この間も、留守番させたらぬか味噌桶《みそおけ》の中にションベンかけちまってさぁ」「ろくなことしねえクソガキだなぁ」。結局「何も買わない、いい子でいる」という約束で出かけることになった。

ところが、金坊が縁日の屋台を見ると、欲しいものばかり。「今日はいい子にしてるんだから、こういう時には、親として、何かやるべきことがあるだろう？　ご褒美《ほうび》に何か買ってー！」と言い出す始末。あんまりうるさいから、これだけだぞ、という約束であめ玉を買ってなめさせた。しばらくすると、今度はだんご屋さん。金坊が散々に騒《さわ》ぐので、だんごも買う羽目になった。お父っつぁんがお参りをして帰ろうとすると、次は凧《たこ》屋で引っかかった。ここでも金坊がだだをこね、一番大きな凧を買わされた。

　せっかくなので、二人は原っぱで凧あげをすることに。ところが、金坊がうまく凧をあげられないので、見かねたお父っつぁんが「おい、ちょっと貸してみろ！」。するとお父っつぁんのほうが夢中になってしまって、金坊は凧を持たせてさえもらえない。凧あげですっかりはしゃいでいるお父っつぁんを見て、金坊が「こんなことなら、お父っつぁんなんか連れてこなけりゃよかった」。

たい平のひとり言

私が子どもの頃は、大声で泣き叫《さけ》びながら「買って〜！」なんて言っている光景はあちこちで目撃しました。今あまり見かけなくなったのは、世の中が豊かになったのか、子どもたちの諦《あきら》めが早くなったのか、どちらなんでしょうねぇ。なんでもすぐに買ってもらえるよりも、理由をしっかり言って、だからダメだよとか、今度の誕生日まで待ちなさい！　なんて言われたほうが、待つ楽しさだったり、手にした時の喜びは倍増しますよね。落語国ぐらいの、ほどのいい貧乏が一番幸せかもです。

感想

／

／

／

82

近日息子《きんじつむすこ》

気がつかないうちに子どもは大きくなってます

もう三十歳になろうかというのに、ボーッとしている大家の息子。父親から芝居の初日を確かめてくるよう頼まれ、見に行ってきて「明日だよ」と教えた。翌日大家が芝居見物へ出かけると、芝居小屋には「近日開演」の札。「バカ、近日というのは近いうちにという意味だ!!」と怒ったら「だって、今日が一番近い日だから、近日だろ?」。

呆《あき》れた大家が「お前みたいなのに説教をしていると、体の具合が悪くなっちまう」と言ったので、今度は気をきかせなくてはと思った息子は、早速医者を呼んできた。その上、一応ということで脈を測った医者が首をかしげるのを見て、次は葬儀屋《そうぎや》を頼んでしまった。

それを見ていた長屋の連中が、大家が亡くなったと勘違《かんちが》いをし、次々とお悔《く》やみを言いに大家の家を訪《たず》ねてくる。「この度はなんとも申し上げようがございません。長屋一同、大変お世話になった大家さんが、こんなに突然お亡くなりになるなんて……」と言って顔を上げると、死んだはずの大家がいる。「いい加減にしろ、あたしは死んじゃいないよ」「だって、表に葬式《そうしき》の花輪が出てたり、葬儀屋がいたり、それに『忌中《きちゅう》』の紙も貼ってありますよ」「なに？　あのバカ野郎、そこまで手を回しやがったか」。

息子を呼んで叱《しか》りつけると「長屋の連中もあんまり利口じゃねえな」「なんで利口じゃないんだ？」「だってよく見てみろ、忌中の横に『近日』と書いてあるじゃねえか」。

たい平のひとり言

この息子は、バカがつくくらい真っすぐなのか、はたまた父親の小言への仕返しと捉《とら》えるかで演《や》り方が変わってくる気がします。大家が死んだと聞いて、悔やみに来た近所の人たちは、死んだはずの人が目の前にいるのだから、さぞ驚《おどろ》いたことでしょう。そこをどう演じるかが、この噺《はなし》の一番の見せ場。〝近日〟という言葉もだんだん使わなくなってきてるので、その辺りをどう説明していくかが、オチを聴いた時の、吹き出す笑いにつながっていきますからねぇ。

感想

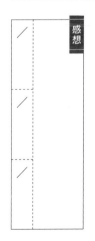

83

干物箱《ひものばこ》

スマホのない時代もよかったよなぁ

毎日遊びほうけている道楽息子の若旦那。朝まで帰ってこない日もあるので、呆《あき》れたお父っつぁんは息子を二階に閉じ込めてしまうことにした。

もう反省しただろうという頃、お父っつぁんが息子に声をかけた。「久しぶりに銭湯に行っておいで。一時間で帰ってくるんだぞ。もし一秒でも過ぎたら反省してないということだから親子の縁を切りますよ!」。息子は「はい、分かりました」と表に出たが、久しぶりの外出なのでどこかへ遊びに行きたくなってきた。

そこで道楽息子は考えた。「せめて三時間あれば……。そうだ、善公だ。あいつ、私の物真似ができるらしい。代わりに二階にいてもらって、下からお父っつぁんが話しかけたら、物真似で答えてもらおう。お父っつぁんだって二階に上がっていちいち顔を見たりしないから大丈夫だ」。早速、善公に小遣《こづか》いをあげる約束をして、身代わりになってもらった。

息子が帰ってきたと思って、二階に向かって話しかけるお父っつぁん。善公はなんとか話を合わせたが、「昼間もらった干物はどこに置いた？　ねずみに食われるといけないから、枕元まで持ってきてくれ」。持っていけば顔を見られることになるので、善公が「お腹が痛いので無理です」と答えると、お父っつぁんが薬を持って上がってきてしまった。

「お前は善公じゃないか」。入れ替《か》わりがばれてしまったところに、財布を忘れた息子が窓の下まで戻ってきて、二階の善公に声をかけた。それを見たお父っつぁんが「バカ野郎！　お前なんかどこでも行きやがれ！」と怒鳴《どな》ると、息子「善公は器用だ。親父そっくり」。

たい平のひとり言

「ただいまー！」と帰ると妻から「誰？」なんて言われることがよくあります。私と二人の息子の声がそっくりだからです。そのまま顔を見せないで二階に上がってしまえば、私なのか息子なのか分かりませんよね。この善公もよっぽど若旦那に似ているんでしょう。今は〝物真似〟と言いますが、昔は〝声色《こわいろ》〟または、声帯模写《せいたいもしゃ》と呼んでいました。人のマネができる人は耳がいい！　落語もまず耳で覚えるから、耳がいいほうが早く上手になるよ！　なんて、先輩方から言われました。

感想

／

／

／

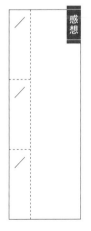

84

片棒《かたぼう》

後のことなんか考えたら今がつまらなくなる

あかにし屋けち兵衛という男。一代でお金持ちになったが、名前の通りケチな人で、貯めたお金が自分の死んだあとにどう使われるか心配でならないというほど。そこで、三人の息子のうち誰に財産を継がせたら無駄遣《むだづか》いしないか試すために、自分が死んだ時にどんな葬式《そうしき》を出すのかを聞くことにした。

まずは長男。長男は、後の世まで語り草になるような盛大な葬式にすると答えた。お金をかけて贅沢《ぜいたく》な料理を用意し、風呂敷《ふろしき》も作って、帰りには車賃も出すという。

次男はもっと派手なことを考えていた。葬式なのに紅白の幕を張り、大行列を組んで、山車《だし》や神輿《みこし》も出る、お祭りのような葬式にしたいらしい。神輿の中にはけち兵衛のお骨を入れて、隣《となり》町の人たちと奪《うば》い合うそうだ。町のはずれまで行くと、花火を打ち上げる。「上がった上がった。あかにしやー!」。まったく、ろくな息子がいない。

最後は三男。けち兵衛が恐《おそ》る恐る話を

聞くと、できるだけ質素《しっそ》にやるという。父親に似て、実にケチな男だ。集まってもらう時間はみんなに伝えるが、当日それより早い時間に家を出てしまえば、料理も何もいらない。それから、棺桶《かんおけ》はどうせ燃やしてしまうので、もったいないから漬物樽《つけものだる》でいい、それに棒をつけて二人でかつげば済む話だという。

「一人は私がかつぐからいいけど、もう一人はお金を払って頼まなければ」。これを聞いたけち兵衛「心配するな、片棒は私が出てかつぐから」。

たい平のひとり言

ケチな人も、落語の主役になる資格を十分持っていますね。自分が生きている間にケチにケチを重ねて作り上げた身代《しんだい》。自分に何かあった時に、どう使われてしまうのか気が気ではないでしょう。自分の息子とはいえ、三人それぞれが父の背中を見て育っていますが、反面教師にする者、反動で真逆にいく者、より強く継承《けいしょう》していく者。面白いですよね。ただ、お金を残し過ぎてしまうと、往々にして、遺産《いさん》相続《そうぞく》争いが起きて兄弟バラバラになってしまいますからお気をつけを。

感想

／

／

／

85

親子酒《おやこざけ》

約束は破るためにあるんですよねぇ？

大の酒好きという親子。毎日親子でたくさん飲むのだが、父親はふと、このままでは息子の将来のためにならないのではないか、と考えた。そこで、息子だけでは辛いだろうと、親子そろって禁酒をすることにした。

一日、二日と経って、一週間は我慢《がまん》できたが、十日も過ぎるとどうしても飲みたくなってくる。そんなある日、息子が仕事の得意先に出かけて留守にしたので、父親は「おばあさん、今日は暑かったねぇ。表に用足しに出たらくたびれた。何かこう、疲れの取れるものはないかねぇ」「唐辛子《とうがらし》でも食べますか？」「そんなんじゃないよ。こう、飲むやつだよ」「あぁ、お醤油《しょうゆ》？」「違うよ、こうやってほら、いい気持ちになれる……」「あっ！ダメですよ、お酒は。禁酒の約束があるじゃないですか」「だから、酔っ払うほどは飲まないよ。ほんのちょっとだけ」と、無理を言って一杯飲ませてもらったが、一杯飲んだら止まらなくなり、父親はすっかり酔っ払ってしまった。

そこに息子が仕事から帰ってきたのだが、こちらもベロベロに酔っ払っている。聞いてみると、得意先で酒をすすめられたので「父親との約束だからなんと言われても飲めない！」と断ったら「偉いやつだ、気に入った！　一杯やろう」と言われてしまい、結局飲むことになってしまった、ということらしい。父親が「おいばあさん、見てみろ。倅《せがれ》の顔が三つにも四つにも見える。こんな化け物みたいなやつにこの身代《しんだい》は譲《ゆず》れません」と言うと「お父っつぁん、あたしだってね、こんなにグルグル回る家、もらったってしょうがねえや」。

たい平のひとり言

親子でお酒が好きな方は、身につまされる噺《はなし》でしょう。息子が酒で起こした失敗に対して、意見をしながらも、親の側にも同じような失敗の経験がありますからねぇ。あまり強く言えません。飲まない約束をした者同士が酔っ払っていることを隠《かく》して向き合っている場面を想像しただけで笑ってしまいます。

酔っ払いを演じるのは、実はお酒が飲めない人のほうが上手だとも言われています。なぜなら、酔っていくさまをじーっと観察しているわけですからねぇ。

感想

第十一章

ホロッとする いい話

面白いだけが落語じゃない。
心温まるストーリーで、
心地よく終わる、
そんな噺《はなし》もいいものです。

86

抜《ぬ》け雀《すずめ》

名人になるのにも努力が必要なんだなぁ

昔の旅は歩きが一般的だが、馬やカゴに乗る人もいた。これは、カゴをかつぐ人を「カゴかき」と呼んだ時代の話。

東海道は小田原の宿場にある小さな宿屋に、汚い着物を着た若い男が泊まっていた。毎日酒を三升《さんしょう》飲んで一歩も表に出ないというのが七日も続くと、さすがに怪しいと思った宿屋の女将《おかみ》が、今までのお金だけでももらってくるようにと主人に言った。

聞くと、無一文だから宿代が払えないと言う。男は、自分は絵師だから、宿代の代わりにと、無理やり衝立《ついたて》に雀を五羽描いて、誰にも売るなと言って去っていった。ところがなんと、絵の中の雀が、朝日があたると衝立から出てきて、エサを食べると戻ってくる。これが大評判で、宿屋は大繁盛《はんじょう》となった。

そんなある日、品のいいお武家様らしき人が宿屋にやってきて「このままだと雀が疲れて死んでしまうから、止まるところを描いてやろう」と、絵の上にカゴを描きそえた。すると、エサを食べて帰ってきた雀がカゴの中に入って休むようになり、これまた大評判になった。

雀を描いた男が早く帰ってこないかと宿屋の夫婦が待っているところへ、紋付《もんつき》袴《はかま》姿の立派になった絵師の男が帰ってきた。ところが男は、このカゴを描いたのは父親なのだと言って、絵の前で「親《おや》不孝《ふこう》をお許しください」と泣き出してしまった。宿屋の主人が「そんなことはありません、親子二代、立派な絵師。親孝行ですよ」。すると絵師は「主人、絵を見ろ、私は親不孝者だ。親をカゴかきにしてしまった」。

たい平のひとり言

一文も持たずに宿屋に泊まり続け、酒を飲み続けるのだから常人には非《あら》ず! ですよね。

人は見た目だけで決めつけてしまったら、ダメですよと教えてくれます。亡き三代目古《こ》今亭《こんてい》志《し》ん朝《ちょう》師匠の抜け雀を初めて聴いた時、衝立が見え、そこに朝日がすうーっと射した途端《とたん》に、雀が抜け出ていく様が見えたんです。名人の噺《はなし》を、名人志ん朝で聴けたのは、私の一生の宝です。ただこの噺のオチが今の時代なかなか分かりづらいんです。私もいくつか新しいオチを試しています。

感想

／

／

／

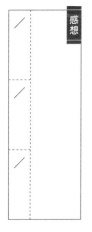

87 井《い》戸《ど》の茶碗《ちゃわん》

正直は、お天道様《てんとうさま》が見てくれています

正直者の屑《くず》屋の清兵衛《せいべえ》。貧乏な浪人の千代田卜斎《ぼくさい》から仏像を預かったら、細川家の家臣、高木作左衛門《たかぎさくざえもん》という若い武士が気に入って、すぐ売れた。

仏像が汚れていたので、作左衛門が湯につけて洗っていると、台座の紙がはがれ、中から五十両の小判が出てきた。作左衛門は小判を卜斎に返そうとしたが、卜斎は「売った仏像から出てきた小判は受け取れない」と言って聞かない。一方の作左衛門のほうも「刀にかけても受け取らせてみせる」と譲《ゆず》らない。困った清兵衛は、仕方がないので五十両を分けてもらおうと考えたが、それでも受け取ってくれない。ならばということで、卜斎の家にある茶碗を作左衛門に売ったことにして、ようやくお金を受け取ってもらうことができた。

ところが、この茶碗が高価なものと分かって、殿様が三百両で買い取った。五十両の茶碗が三百両になった作左衛門。仕方がないので半分は自分でもらったが、残りの半分は卜斎へ渡すことにした。

だが、卜斎はやはり、タダで受け取るわけにいかないと言う。そこで、作左衛門が自分の娘と結婚してくれるなら、お金は娘の嫁《よめ》入り準備のためにもらうということにしよう、と言い出した。清兵衛がこの話を作左衛門に伝えると、作左衛門はこれも縁だから結婚の話を受けさせてもらおうと言った。

清兵衛が「いいじゃありませんか、お似合いの夫婦になりますよ。今は裏長屋で粗末《そまつ》な身なりをしていますが、こっちに連れてきて磨《みが》いたらきれいになりますよ」と言うと、作左衛門「磨くのはよそう、また小判が出るといけない」。

たい平のひとり言

落語に出てくる侍《さむらい》は、町人に一杯食わされたり、笑われたりすることがしばしばですが、この噺《はなし》に出てくる二人の侍は、実に清々しい。屑屋さんだけが正直なのではなくて登場人物全員がいい人という珍しいネタなのです。私はこの噺を演《や》る時に「今の政治家に聴いて欲しい落語です！」と言って始めます。みんなが正直過ぎると、かえって面倒《めんどう》くさくなることがある。それでもやっぱり正直なのが一番だなぁと。心が晴れやかになる大好きな噺の一つです。

感想

／

／

／

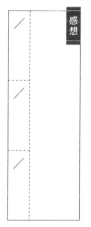

88

笠碁《かさご》

意地の張り合いは
一つもいいことなし

囲碁《いご》仲間の旦那二人。下手な者同士だが、馬が合うので毎日打っている。仲がいいと、つい〝待った〟が多くなるので、これからは〝待った〟はなしでやろうと決めた。

ところが、日が経つとまた「おい、ちょっと待ってくれ」「いや、待てない。〝待った〟はやめにしようって言い出したのはお前さんじゃないか」「一回くらい、いいじゃないか！」「いや、ダメだ」「ケチ！」「ケチじゃない、お前さんが間違ってる」「帰れ！」「二度と来るもんか」と大ゲンカになってしまった。

ところが、二、三日も経つと、やっぱり碁が打ちたくなってきた。意地っ張り同士で謝ることもできないが、相手のことが気になって何も手につかない。

ある雨の日、片方の旦那はとうとう我《が》慢《まん》ができなくなった。女房《にょうぼう》から「行ってもいいけど、もうケンカするんじゃないよ」と言われ、傘《かさ》は貸してしまったと言われたので頭に菅笠《すげがさ》をかぶり、様子を探るために相手の家へ。相手のほうでも、すぐに気づいて家の中から様子を伺《うかが》っていた。「変な格好をして来やがった。きまりが悪いもんだから、笠かぶって来たんだな。早く入ってくりゃあいいじゃねえか。強情なやつだ」と、なかなか声をかけられない。とうとう耐《た》えかねて、家の中から「やい、ヘボ、ヘボ!」「なに? どっちがヘボだ」「ヘボかヘボでねえか、一番くるか?」「よーし」と、めでたく仲直りして、嬉しそうに碁を打ち始めた。

碁盤《ごばん》を囲んだのはよかったが、盤の上にポタリポタリと雫《しずく》が落ちる。おかしいなと思ってひょいと見上げると「おい、まだかぶり笠を取らねえじゃねえか」。

たい平のひとり言

「碁敵《ごがたき》は憎さも憎しなつかしし」。この噺《はなし》の冒頭に出てくる川柳《せんりゅう》です。これから作られたのではないかと思うような一席《いっせき》ですね。碁将《ごしょう》棋《ぎ》をやられる方はこの二人の気持ち、よく分かるのではないでしょうか。さらに歳を重ねるごとに素直でなくなってくる辺り、身につまされますよね。我慢ができなくなって出かけていって目の前を行ったり来たりする場面に来ると映画のようなカメラワークを感じます。暗い室内から外を映すカメラと、外からのカメラ。見えましたでしょ。

感想

／

／

／

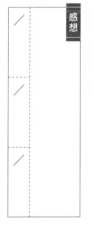

89

甲府《こうふ》い

人は、人とつながることが一番大切ですよね

甲府生まれの善吉。両親を早くに亡くしておじ夫婦に育てられた。二十歳になったのを機に、稼《かせ》げるようになって育ての親に恩返ししたいと、身延山《みのぶさん》に願掛《がんか》けをして江戸に出てきた。

ところが、江戸へ出てきた善吉は、浅草寺《せんそうじ》で財布をすられ、無一文になってしまう。食べる物も買えず、腹を空かせて歩いていると、豆腐屋の前を通りかかった。見ると、美味しそうなおからが置いてある。空腹に耐《た》えられなくなった善吉は、やってはいけないと思いつつも、盗み食いをしてしまった。それが店の若い者に見つかって袋叩きにされているところに、店の主人が出てきた。店の人たちを止めた主人がわけを聞くと、善吉は涙を流しながらこれまでのことを話した。

気の毒に思った豆腐屋の主人は、善吉と同じ法華宗《ほっけしゅう》だから、お祖師《そし》様のお引き合わせがあったのだと思い、善吉を自分の店で奉公《ほうこう》させることにした。善吉の仕事は、豆腐を売り歩くこと。「豆腐～い、ゴマ入り～、がんもどき」。声も愛想もい

いので客がよくつき、主人も喜んだ。

それから数年が経ち、豆腐屋の一人娘が年頃になったころ。主人は、働き者で宗旨《しゅうし》も合う善吉に、娘と結婚してほしいと言ってきた。一度は遠慮《えんりょ》した善吉も、最後はこの話を受けることにした。

ある日、善吉が「もう江戸へ出て十年になりますが、甲府へ一度も帰っていないので、両親の墓参りと、身延山へお礼に行きたいのです」と言うので、夫婦そろって甲府へ出かけた。それを見た長屋のおかみさんが「あら豆腐屋のご夫婦、今日はそろってどちらへ？」と聞くと「甲府〜い、お参り〜、願ほどき」。

たい平のひとり言

人情噺《ばなし》のジャンルに入る一席《いっせき》です。この噺のオチは〃地口オチ〃。いわゆるダジャレですよね。ここでは、落語によく出てくる物売りの声を使っています。噺の筋がよければよいほど、オチが地口だったりすると、アレッ！　とつまずいたような感じになりますけど、それもまた重く終わらせず、軽く着地させる落語のシャイさだと思ってください。『孝行糖《こうこうとう》』という噺も同じようなオチですが。三つもかかってるなんてもうダジャレなんて言わせないくらい素敵ですよね。

感想

／

／

／

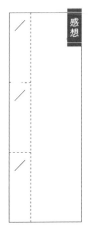

90

藪《やぶ》入《い》り

いつの時代にも変わらぬもの、それは親子の愛

商家へ奉公《ほうこう》に上がった亀が、三年ぶりに家へ帰ってくることになった。

久しぶりに息子が帰ってくると思うと夜も眠れないお父っつぁん。帰ってきたら何を食べさせてあげようかといろいろ考えては「鰻《うなぎ》がいいなぁ、刺身も取ろう」、連れていってあげたいところもあちこち考えては「京都、大阪、九州にも！」。おかみさんに早く寝なさいと言われても、「時計の針を手で回したら、早く明日になるんじゃねーか？」。そうやって騒《さわ》いでいるうちに朝になり、亀が帰ってきた。

「お父様、お母様、ご無沙汰《ぶさた》をいたしておりました。おかわりございませんか」と、すっかりお行儀《ぎょうぎ》よくなって帰ってきた亀。お父っつぁんは、亀の成長ぶりに感極まって涙が止まらなくなってしまった。「おい、おっ母。野郎、大きくなっただろうなぁ」「目の前にいるんだから見ればいいじゃないか」「涙で目が開かねえんだよ」。

早速亀を銭湯に行かせて、その間におっ母さんが亀の財布を見ると、なんと中に大金が入っていたので、「初めての藪入りで十五円は多すぎる。ほかの小僧《こぞう》さんにそそのかされて……」「そんなことをするやつじゃない、俺の子だ！」と、二人して心配になってきた。帰ってきた亀を問いただすと「ねずみのせいで悪い病気がはやってたから、つかまえて交番に持っていったんだ。そうしたら、そのうちの一匹が懸賞《けんしょう》に当たってもらったんだい」。それを聞いたお父っつぁん「疑ってすまなかった。ねずみの懸賞が当たったのも、奉公先のご主人への忠《チュー》のおかげだ」。

たい平のひとり言

奉公のようなシステムが、今こそあったほうがいいような気がします。私は大学を出て六年半、大師匠の家に住み込み、内弟子をしていました。年中休みなし、他人の釜《かま》の飯を食うことによって、親のありがたさ、周りの人に育ててもらう大切さを肌で感じました。離れているからこそ、親は子を思い、子は親を思う。社会に出る前に学生寮《りょう》とかに入ることっていいことだと思うんです。私も三人の子どもがいますので、このお父っつぁんの気持ち分かるんです。

感想

91

八五郎出世《はちごろうしゅっせ》

家族それぞれが思いやる心を持つ幸せ

お忍《しの》びのカゴの中から見かけた、八五郎の妹のお鶴《つる》を見初め、結婚した殿様。やがて元気な男の子が生まれ、跡継ぎができたというので殿様は大層喜んだ。

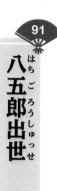

殿様のところでは、子どもも生まれたので兄に会ってやろうということになり、八五郎を屋敷《やしき》に来させるようにとの知らせが大家のところに来た。大家も自分のことのように喜んだが、心配なことがある。職人の八五郎は普段から言葉使いが荒っぽく、殿様に失礼がないようにできるかが分からない。そこで、殿様の前に出たら、言葉の最初に「お」、最後に「たてまつる」をつけて話せば、とにかく失礼はないと教え、自分の紋付《もんつき》を着せて送り出した。

八五郎がお屋敷に着くと、侍《さむらい》たちの話す言葉の意味が全然分からない。すると、殿様が現れた。大家に教わったとおりに「お」と「たてまつる」をつけ、「おわたくし様は、お鶴のお兄上様のお八五郎様で、おったてまつるで、ござりたてまつるよ」。何を言っているのか全く分からない殿様は「構わんから、友達と話すようでよいぞ」と。すると八五郎は、普段の荒っぽい言葉でお殿様に話し始めた。周りの侍たちはヒヤヒヤしているが、殿様は一人ニコニコしている。そのうち、きれいな着物を着て座っているのが妹のお鶴だと分かったので、母親からの言葉を伝えると、お鶴は涙ぐんでしまった。これは暗くなってしまったと、八五郎は歌で盛り上げる。

それを見ていた殿様「面白いやつだ、家来にしよう」。八五郎が侍に出世をするという、おめでたい話。

たい平のひとり言

『妾馬《めかうま》』と言ったほうが、落語通？に思われるかもしれませんよ。でもなぜ『妾馬』と呼ばれているかは、これもオチまで聴かないと分からない一席《いっせき》ですが、ほとんどの演者が、途中まででしか演《や》らなくなっています。身分の違い、暮らしの違い、言葉使いなどで笑いの多い噺《はなし》です。いつも聴いていて、庶民《しょみん》の暮らしがいかに楽しいか、幸せなことかと、八五郎が教えてくれます。孫の顔を見ることができないおっ母さんのことを話すくだりは、笑いながら泣いてしまいます。

感想

／

／

／

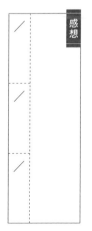

92

千両《せんりょう》みかん

命をかけるほど好きになれるっていいですね

ある夏の日、大家《たいけ》の若旦那が、病気にかかってしまった。医者に診てもらったら、気の病という。心に何か秘めていないかと番頭が聞き出すと、みかんが食べたいという。「だったらすぐに買ってきて食べさせます」と言った番頭だったが、この話を主人に伝えたところ、今は真夏で、みかんなんかないと言われる。番頭は若旦那を助けたい一心で江戸中を探し回るが、「ごめんください、みかんはありますか?」「この暑い盛りに、みかんなんて売ってませんよ」。そんなやり取りを繰り返し、番頭は江戸中を探し回った。そしてようやく、神田の田町《たちょう》で、たった一つの、腐《くさ》っていないみかんを見つけた。

みかんに恋した人が食べてくれるのならお金はいりませんと、果物問屋の主人。そうはいきませんので値段をつけてくださいと言うと、それならば千両と。さすがに高すぎると言うと、季節外れの、たった一つ残ったみかんだから、千両でも安いくらいだと言われた。番頭が一度店に戻って旦那に相談すると、旦那は「千両で大切な息子が助かるなら、安い買い物だ」と、千両箱を持たせて再び番頭を果物問屋に行かせた。

こうして手に入れたみかんを渡された若旦那が皮をむくと、中身は十房。若旦那は七房を美味しそうに食べて、残った三房を番頭に差し出し、両親と番頭の三人で分けて食べてほしいと言った。三房のみかんを手にした番頭は廊下に出て、ふと考えた。「私が暖簾《のれん》分けで店を出す時くれる金がせいぜい五十両。このみかん三房で三百両……ええいっ」。番頭、みかん三房を持っていなくなりました。

たい平のひとり言

〝旬《しゅん》〟の意識が薄くなってきた現代にあって、とってもいい噺《はなし》だと思うんです。キュウリやトマトは一年中食べられますしねぇ。スイカだけは最後まで夏しか食べられないものであって欲しいと願ってましたが、先日「冬のスイカのほうが美味しいのあるよ」と言われてガッカリしました。みかんも今や一年中。冷凍みかんをありがたがって食べていた時代が懐《なつ》かしいですよねぇ。そして、この噺の最後は〝価値観〟の違いです。立場によって物の価値が変わってくるという。ちょっと切ないですよねぇ。

感想

93

文七元結《ぶんしちもっとい》

お金よりも大切なものがある。それは命

腕利《うでき》きだが博打《ばくち》好きなのが玉に瑕《きず》の、左官の長兵衛。今日も博打に負けて帰ってくると、女房《にょうぼう》が泣いていた。わけを聞くと、娘のお久が家を出ていったと。そこに吉原の佐野槌《さのづち》の番頭がやってきた。

長兵衛が佐野槌に呼び出されて行ってみると、そこにはお久の姿が。佐野槌の女将《おかみ》は、お久を女中として働かせる代わりに五十両を貸すと申し出た。「来年の大晦日《おおみそか》までに返してくれればいい。だけど、一日でも過ぎたらお久ちゃんを店に出して女郎《じょろう》にするよ。分かったね」。お久の行動と女将の好意に、長兵衛も心を入れ替《か》えて真面目に働こうと決心した。

その帰り道のこと。長兵衛が川原を通りかかると、男が身を投げようとしていた。なんとか止めて話を聞くと、男はべっこう問屋の奉公人《ほうこうにん》の文七といい、集金したお金を盗まれたので身投げをしようとしていたという。これを見捨てるのは男の恥《はじ》と、長兵衛は名前も言わずに娘が吉原に身を売って作ってくれた五十両を渡してしまった。

店に帰った文七がお金を出すと、主人はびっくり。文七がお金を忘れていったからと、集金先の屋敷《やしき》が既にお金を届けてくれていたのだ。驚《おどろ》いた文七がわけを話すと、主人は長兵衛の心意気に感動し、必ず探し出してお礼をすると決めた。

翌日、長兵衛の住む長屋を訪れた文七と主人。昨日長兵衛が渡した五十両を返し、さらに、お礼にとお久まで吉原から連れ帰ってくれた。

その後、問屋の主人の計らいでお久は文七と結婚し、麹町《こうじまち》に二人で元結屋《もっとい》を開いてたいそう繁盛《はんじょう》し、幸せに暮らしたというお話。

たい平のひとり言

命の大切さを改めて教えてくれる噺《はなし》です。もしも自分だったら長兵衛のようにできるだろうかと考えてしまいます。だって落語だもんと言われてしまったら元も子もありませんが、そこをどう聴かせるかです。三代目古今亭《ここんてい》志《し》ん朝《ちょう》師匠は、自分の心の中の葛藤《かっとう》を丁寧《ていねい》に時間をかけて演じておられました。だからこそリアリティを持って、お客様が受け止めてくれる。演じる側がしっかりと腑《ふ》に落ちる演《や》り方で演らないと、お客様には絵空事になってしまうと思うんです。

感想

／
／
／

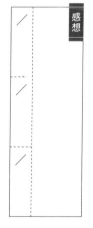

94

幾代餅《いくよもち》

熱い想いが
周りの人を動かすんですねぇ

搗米《つきごめ》屋の奉公人《ほうこうにん》の清蔵。使いの帰りに絵草紙《えぞうし》を見て、吉原の花魁《おいらん》、幾代太夫《いくよだゆう》に一目惚《ひとめぼ》れをした。

その惚れっぷりたるや大変なもので、食事も喉《のど》を通らなければ仕事も何も手につかない。見かねた親方が「誰に惚れてんだ?」と聞くと、清蔵が「吉原の幾代太夫に」と答えるので、親方も驚《おどろ》いたが、あんまり真剣なので「一年真面目に働いたら幾代太夫と会わせてやる」と約束した。

それから人が変わったように真面目に働いた清蔵、一年経って約束の日が来た。親方の着物を借りて、吉原に詳しい医者に案内役を頼んだ。さらに、吉原に行くのに搗米屋の奉公人では体裁が悪いので醤油《しょうゆ》問屋の若旦那と身分を偽《いつわ》り、いざ吉原へ。

幸い幾代太夫は空いていて、一年間の願いが叶《かな》って会うことができた清蔵。幾代太夫の丁寧《ていねい》なもてなしを受け一晩を共にすることができた。翌朝、「今度はいつ来てくんなます」と次をせがまれたが「次は一年後に……」と答えるしかない。

仕方なく清蔵が本当のことを話すと、心を打たれた幾代太夫は「来年三月、私の年季が開けたら主《ぬし》の女房《にょうぼう》にしてくんなますか」と正直な気持ちを伝えた。

店に帰った清蔵は親方に吉原での出来事を話した。最初は信じなかった親方も、尋常《じんじょう》でない清蔵の喜び方を見ると信じるしかない。清蔵が前にも増して一所《いっしょ》懸命《けんめい》に働いていると、約束通りの三月十五日、カゴに乗った幾代太夫が本当にやってきた。

二人はめでたく結婚して両国に店を構え、幾代餅という餅を売って末長く幸せに暮らしたという、江戸名物の由来のお話。

たい平のひとり言

ちょっとだけ設定が違うだけで、ほぼ同じような噺《はなし》に『紺屋高尾《こうやたかお》』があります。古今亭《ここんてい》一門が『幾代餅』で柳家一門が『紺屋高尾』といった感じでしょうか。会話で進んで行くのが『幾代餅』、ト書《がき》が多いのが『紺屋高尾』、なんていう風にも言えますね。吉原の花魁の話ですが、私は高校生の前でも演じます。一所懸命に頑張れば必ず夢は叶う！　というテーマを持って演じています。後半の清蔵の独白の場面でもらい泣きしてるお客様がいたりすると嬉しいですね。

感想

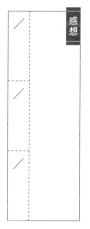

第十二章

妻に感謝ですよ

男女が一緒にいると、
女の人のほうが強くなるもので。
夫婦の噺《はなし》って、みんな結局
いい奥さんなんです。

95

厩《うまや》火事《かじ》

時々でいい、
素直に愛してると言いましょう

髪結いのお崎。年下の夫とケンカになり、仲人《なこうど》のところに相談にきた。離婚するかと水を向けると、別れたいのではなく、気持ちがあるのかを知りたいというので、こんな話を聞かせた。

「一つ目は中国の話。孔子という偉い先生がいた。その先生が大切にしている白馬の小屋が火事になったので、弟子たちは白馬を助けようとしたのだが、助けられなかった。帰ってきた孔子は弟子たちの無事を喜んだだけで、白馬については何も怒らなかった」。

「二つ目は瀬戸物に凝《こ》っている男の話。ある日、奥方に自慢《じまん》の瀬戸物を片づけるよう頼んだが、二階に持って上がろうとした奥方が階段から落ちてしまった。ところが、男は瀬戸物ばかり気にかけたので、奥方と離婚することになった」。

「お前の亭主も瀬戸物を大切にしているようだから、試しにどれかを壊してみればいい。もしお前の体を心配すれば気持ちは離れてないし、瀬戸物ばかり気にしたら見込みがないということだ」。

その晩、仲人に言われた通りに作戦を決行。「おい！　何をしてるんだよ。それは俺の大切にしている茶碗じゃねえか」「なんだよ、あたしより茶碗のほうが大事なんだ！」「そうじゃないよ！　おい！　やめろよ、危ないから。転ぶよ！転ぶ！」。お崎はわざと転んで夫の茶碗を割ってみた。驚《おどろ》いた夫は慌《あわ》ててお崎を抱き起こし「危ねえな、怪我《けが》はねえか？」。

夫の気持ちは確かなものだった。そう喜んだお崎が「そんなにあたしが大事かい？」と尋《たず》ねると「当たり前じゃねえか。お前に怪我でもされてみろ、明日から遊んでて酒飲むことができねえ」。

たい平のひとり言

ケンカするほど仲がいい！　なんて言いますよね。長く連れ添っていても、時々お互いのことをどう思ってるか心配になるもの。外国人みたいに「愛してるよ」「大好きだよ」なんて言ってくれれば安心できるかもしれませんが、日本人は、そういうことがヘタですからねぇ。仲人に向かって言う亭主の愚痴《ぐち》も、いつの間にかのろけとなってしまうところが実にいい。かわいらしい女房《にょうぼう》に、本当はカミさんのことが大好きな亭主。聴き終わったあとに、幸せであったかい気持ちになります。

感想

／

／

／

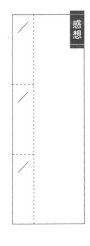

96

火《か》焔《えん》太《だい》鼓《こ》

お父さん頼りにしてますよ
ここぞという時

道具屋の甚兵衛が、市に行って古い太鼓を仕入れてきた。甚兵衛はこいつで一《ひと》儲《もう》けだとウキウキしているが、奥さんは呆《あき》れ顔。この甚兵衛、道具屋の割に目利《めき》きが下手でいつも損をしているから、今回も儲からないだろうと思っている。

「こんな古い太鼓が、いったいどれくらいの儲けになるっていうんですか」「いや、これは売れる。俺はこれを売って大儲けするんだ！　とりあえず、ほこりをかぶってたら格好がつかない。ちょっとはたきを持ってほこりをはたいてこい」。

甚兵衛が小僧《こぞう》に太鼓のほこりをはたかせたら、表から太鼓を叩く音がドーンドーンドーン。あんまりうるさいので奥さんが余計に怒っていると、侍《さむらい》がやってきた。殿様が太鼓の音を気に入ったので、屋敷《やしき》に持ってきてほしいとのこと。

これは高く売れるに違いないと喜んだ甚兵衛、早速太鼓を屋敷へ運ぶ。殿様が調べると、古い太鼓は「火焔太鼓」という名品。「殿が気に入っておられる。いくらで売るのか？　手一杯に申してみろ。

なに？　十万両？」「高いのは分かってるんで、一晩中まけますから」なんてもう大変。交渉の末、三百両というとんでもない値段がついた。

家に帰ってこのことを話すと、奥さんもびっくり。最初は疑ったが、甚兵衛に「五十両……百両……」と三百両を積み上げられたら、信じるしかない。

奥さんが「お前さん、見直したよ！」とほめると、調子に乗った甚兵衛が「次も音の鳴るものだ。今度は火の見やぐらの半鐘《はんしょう》を仕入れよう」と答えたので、奥さん「半鐘はいけない。おジャンになるから」。

たい平のひとり言

『火焔太鼓』＝古今亭志ん生《ここんていしんしょう》とすぐに名前が出てくるくらい十八番としていました。志ん生師匠が改良を加えて、今ある爆笑の型にしたと言われています。人間の極限状態を演じさせたら志ん生師匠の右に出る人はいないんじゃないでしょうか。小判を目の前に積まれていくところの描写は何度観ても笑ってしまいます。オチは半鐘。ジャンジャンジャンジャンと鳴らすから「オジャンになるから」。分かりづらいから変えたらという人もいますが、この一席《いっせき》も変えなくていいほうです。

感想

／

／

／

97

青菜《あおな》

文句を言い合いながらも夫婦でいる幸せ

仕事で大きな屋敷《やしき》に来ていた植木屋。一服していると、屋敷の旦那から「ご精が出ますな」と声をかけられた。話しているうちに一杯やろうということになり、初めて食べる鯉《こい》の洗いなどを肴《さかな》に酒を頂いていると、旦那に「植木屋さん、菜のおひたしは好きか」と聞かれた。「大好物です」と答えると、旦那は奥様を呼んで青菜を持ってくるように頼んだ。

しばらくすると、奥様が戻ってきて「鞍馬山《くらまやま》から牛若丸《うしわかまる》が出まして、その名を九郎判官《くろうほうがん》」と言う。それを聞いた旦那は「そうか、では義経《よしつね》にしておきな」と答えた。これを聞いた植木屋が「今のは何ですか？」と尋《たず》ねると、「実は青菜がなかった。それを伝えに来たんだ」。

わけが分からない植木屋に、旦那はさらに説明した。「お屋敷の隠《かく》し言葉といって、お客さんに分からないように話をしていた。『その名を九郎判官』というところが、『その菜を食ろうてしまってない』という言葉に似ているだろう。そこで菜はないんだなと気づいたので、私も

『よしておきな』のつもりで、『義経にしておけ』と言った。九郎判官義経の続きの洒落になっている」。

なるほどうまいやり方もあったもんだと感心した植木屋は、家に帰ると、早速友達を家に呼んで真似をすることにした。「鯉の洗いだ」と言って鰯《いわし》を食べさせたりしているうちに、その時がやってきた。「菜のおひたしを持ってきなさい」と声をかけると、おかみさんが出てきて「鞍馬山から牛若丸が出まして、その名を九郎判官義経！」。義経まで言われてしまった植木屋は、苦し紛れに「では弁慶《べんけい》にしておきなさい」。

たい平のひとり言

この噺《はなし》を稽古《けいこ》してもらった時に、言われたことがあります。「ずっと笑っているだけが落語じゃない！　お客様の中に情景を描くことが大切なんだ。お屋敷の手入れの行き届いた庭が見えなければいけない。人格者の主人を表さなければいけない」と。この噺の前半は仕込みといって、後半に笑いをとるための種をまいていく時間。ですから笑いが少なく淡々と進んでいきます。ここで笑いに走らずしっかりとした絵を描けた時、後半の笑いの連続につながっていくのです。

感想

／

／

／

98

子《こ》別《わか》れ

子どもに救われたこと、
みんなありますよね

大工の熊五郎、女房《にょうぼう》と大ゲンカをしてしまい、女房、息子と別れて暮らすことになってしまった。

ある日の仕事帰り、熊五郎は息子の亀吉とばったり出会った。三年ぶりの再会、おっ母さんはどうしてると聞くと、針仕事の内職をしているという。

亀吉はお父っつぁんの姿を見てびっくり。以前とは違い、新しい半纏《はんてん》を着て、すっかり立派になっている。あのあと、自分のダメなところに気がついて反省し、今は一所懸命《いっしょけんめい》に仕事をしているのだという。別れ際、亀吉に小遣《こづか》いをあげて、翌日鰻《うなぎ》をご馳走《ちそう》するという約束もした。そして、お父っつぁんに会ったことは内緒だぞ、と言って別れた。

家に帰った亀吉は、お父っつぁんにもらった小遣いをおっ母さんに見つけられてしまった。何のお金だと言われても、お父っつぁんと会ったことは内緒だから黙っていると、「正直に言わないと、お父っつぁんが使ってた金槌《かなづち》でぶつよ!」と言われたので、泣きながらお父っつぁんに会ったことを話した。「明日、お父っつぁんが鰻をご馳走してくれるんだって。ねぇおっ母さん、行ってもいい？」

当日、亀吉に晴れ着を着せて行かせたが、心配になったおっ母さんも鰻屋の下までついてきた。亀吉がそのことを伝えると、熊五郎が会って謝りたいと言う。三年ぶりの夫婦再会となり、もう一度やり直そうということになった。

おっ母さんが「また元のようになれるのも、この子のおかげ。子どもは夫婦のかすがいですね」と言うと、亀吉、「えっ！　あたいがかすがい、それで昨日金槌でぶつと言ったんだ」。

たい平のひとり言

『強飯《こわめし》の女郎買《じょろうがい》』とも『子《こ》はかすがい』とも呼ばれています。少し長い噺《はなし》なので『子別れ（上）』『子別れ（下）』など二つに分けて演《や》られることもありますが、今、よく演られるのは『子はかすがい』の部分でしょうか。別れて暮らしているところから始まってオチまで、といった感じです。

鰻屋の二階と下とで話すくだりが私はたまらなく好きです。ハッピーエンドもいいですよね。寄席《よせ》では主任（トリ）の師匠が演ることが多いネタで、早い時間に演る人はまずいない大ネタと呼ばれるものです。

感想

／

／

／

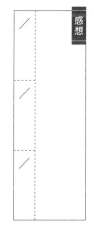

99

尻餅《しりもち》

日頃の生活の中からアイデアを養いましょう

年の瀬だというのに、貧乏で餅屋も頼めない夫婦。おかみさんが亭主に「ご近所の手前、せめて餅つきの音だけでも」と言うのは、少しでも正月を迎える金が欲しい、という意味。ところが、亭主はおかみさんの言葉を文字通りの意味で受け取って、餅屋が来て餅をつく芝居をしよう、と言いだした。

夜、子どもが寝たあと、亭主が外に出て、ご近所に聞こえるよう、大きな声で「えーっ！　親方、毎度ありがとうございます。餅屋でございます」と叫《さけ》ぶと、おかみさんが家の戸を開けて、餅屋のふりをした亭主を家の中に入れる。家の中でも「坊ちゃんのおうちではこんなにたくさんお餅をおつきですよ。さあこっちへきて、お餅を並べてくださいね。あら〜、かわいいお手てで」なんて調子で芝居を続け、餅つきを始めた。

しかし、臼も米もないから、本当の餅つきはできない。そこで亭主は、おかみさんにお尻を出させ、手に水をつけて叩き始めた。ペッタンペッタンという音だけ聞いていると本当に餅をついているように聞こえる。「いい米ですねぇ。粘りといい艶といい、つきがいがあるというもんで。へえ、床《とこ》の間《ま》のお飾りにお三宝《さんぼう》、それから小鏡が十組、あとはのし餅で、かしこまりました」。大変なのはおかみさん。尻は赤くなるし、我慢《がまん》しようとお腹に力を入れたらおならが出てしまった。

それを見た亭主が呑気《のんき》に「くさもちだ～！」と言うので、もうやってられないと思ったおかみさんが「残りは何臼ですか？」と聞くと、餅屋気取りの亭主が「あと二臼です」「そうですか、では残りの二臼はおこわにしてくださぃ」。

たい平のひとり言

落語に出てくる夫婦は貧乏所帯が多いですね。でもそれを愛情でカバーして、幸せに暮らしています。知恵を絞《しぼ》って楽しく生きる。この亭主は、まさに落語家のように一人で何役もこなし、効果音まで妻のお尻を叩く！　ということで出してしまうのだからすごい。それをまた、演者が実際お尻を叩くということができない中で、手を叩くと発生する数種類の音で、リアルに餅をつく音を作り出します。すごいですよ。よかったら目をつぶって聴いてみてください。

感想

／

／

／

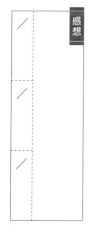

100

芝浜《しばはま》

こうありたい！　というお手本の夫婦です

腕もよく、働き者の魚屋、魚勝《うおまさ》。何かのきっかけで働かなくなり、毎日お酒ばかり飲んで過ごすようになった。おかみさんは、魚勝が心配なのと、暮れも押しせまって年越しのお金がないのとで、なんとかお願いして仕事に出てもらった。

朝早く芝の魚河岸《うおがし》へ行くと、まだ開いていない。刻《とき》を間違えて起こされたのだ。仕方なく芝の浜で一服していたら、波打ち際で革の財布を見つけた。中には大金が。慌《あわ》てて懐《ふところ》に入れ、家に持って帰っておかみさんに話した。数えてみると、四十二両。魚勝は「もう働かなくていい！」と喜び、酒を飲んで寝てしまった。

翌朝、寝ている魚勝におかみさんが「仕事に行ってください」。魚勝が「何言ってんだ。芝の浜で拾ってきた四十二両があるだろう」と言うと「四十二両ってなんだい。そんなもの拾ってなんかないよ！毎日お酒ばかり飲んで働きたくないなんて思ってるから、お金を拾う夢を見たんだよ」「夢じゃないよ！　本当に拾ってきたよ」「だったら見せとくれよ！　ないじゃないか！　夢じゃないか」。おかみさんの言葉にハッとした魚勝は、酒をやめて今まで以上に一所懸命《いっしょけんめい》働き出した。
　三年経った大晦日《おおみそか》の日、おかみさんは魚勝に本当のことを打ち明けた。四十二両は本当に拾ってきたが、これを使ったら捕《と》らえられてしまう。夫を罪人にしたくない一心で、夢だったという嘘をついたんだと。必死に話すおかみさんに、魚勝は頭を下げた。私がついた嘘でお酒をやめてしまったんだから、また飲んでほしいとおかみさんがすすめると、魚勝、口まで持っていくが「よそう、また夢になるといけねえ」。

たい平のひとり言

私の落語家人生の中で、この噺《はなし》は一生演《や》らないだろうと思っていました。そんな時に七代目立川談志師匠の『芝浜』を聴いて感動しました。難しいとは分かっていても、自分が演ったらどうなるのか、それが見てみたいと始めてもう二十四年目となりました。独身だった時、結婚した時、子どもが生まれた時、少しずつ人生を重ねていくと『芝浜』も変化してきます。毎年年の瀬に〝芝浜の会〟をやっています。定点観測で同じ落語家の同じ噺を聴くことを面白がれるのも落語のなせる業です。

感想

／

／

／

おわりに

コロナ禍の真《ま》っ只中《ただなか》の2020年秋に、この文章を書いています。「人との距離を保ちましょう」とか「人との接触をできるだけ避けましょう」と、連日言われています。そうしているうちに人同士が触れ合うことの楽しさを忘れてしまうんじゃないだろうかと心配しました。落語国の住人はかなりの〝三密〟です(笑)。一人では生きていけない、助け合って、ケンカして、バカなことを真剣にやって、笑って。それこそが人間の本来の姿、喜びなのではないかと教えてくれます。

戦後、豊かになろうと、みんなで走ってきました。気がついたら、大切なものをポケットからポロポロと落としてしまって、幸せになっているはずなのに、何かが違う。幸せを追い求めてきたのに、現在はたくさんの問題を抱えてしまっています。ふと、人間にとっての本当の幸せはどこにあったんだろうと考えた時、そこにこれだ！と思える落語国がありました。みんな、不自由な中でもその日その日を精一杯生きています。そんな落語国の住人たちに、ぜひとも会いに来てください。

さくいん

あ

か

[著者プロフィール]

林家たい平（はやしや たいへい）

1964年、埼玉県秩父市生まれ。武蔵野美術大学造形学部卒業。

現在、同大学の客員教授。

1988年8月、林家こん平に入門。92年5月、二つ目に昇進。2000年3月真打昇進。2008年芸術選奨文部科学大臣新人賞受賞。テレビ、ラジオのほか全国各地の落語会で活躍中。2006年より日本テレビ『笑点』大喜利メンバー。「たい平ワールド」と呼ばれる芸風は老若男女問わずファンを集め、子どもたちへの落語普及にも熱心に取り組む。

主な著作に『笑点絵日記』（ぴあ）、『林家たい平の お父さん、がんばって』（辰巳出版）、『たいのおすそ分け ちょっと、いい噺』（主婦と生活社）、『たい平の野菜シャキシャキ噺』（講談社）、『親子で楽しむ こども落語塾』（明治書院）、『林家たい平 快笑まくら集』（竹書房文庫）、『林家たい平の落語のじかん』（毎日新聞出版）など。

また、落語CD「たい平よくできました（1～5）」や「林家たい平落語」シリーズ（共に日本コロムビア）や落語DVD「落語独演会DVD-BOX」（竹書房）のほか、笑いと涙と人情がたっぷり詰まった主演映画『もういちど』もDVD化された。

装丁デザイン　宮下ヨシヲ（サイフォン グラフィカ）

本文デザイン　渡辺靖子（リベラル社）

編集　安田卓馬（リベラル社）

編集人　伊藤光恵（リベラル社）

営業　津村卓（リベラル社）

編集部　堀友香・山田吉之・水戸志保
営業部　澤順二・津田滋春・廣田修・青木ちはる・竹本健志・春日井ゆき恵・持丸孝
制作・営業コーディネーター　仲野進

はじめて読む 古典落語百選

2021年1月30日　初版

著　者　林家 たい平
発行者　隅田 直樹
発行所　株式会社 リベラル社
〒460-0008　名古屋市中区栄3-7-9　新鏡栄ビル8F
TEL 052-261-9101　FAX 052-261-9134　http://liberalsya.com
発　売　株式会社 星雲社（共同出版社・流通責任出版社）
〒112-0005　東京都文京区水道1-3-30
TEL 03-3868-3275

　ISBN978-4-434-28460-1　C0176